Ailleurs meilleur

© 2019 Éditions Nathan, SEJER,
25, avenue Pierre-de-Coubertin, 75013 Paris

Loi n° 49-956 du 16 juillet 1949 sur les publications destinées à la jeunesse,
modifiée par la loi n° 2011-525 de 17 mai 2011.

ISBN : 978-2-09-258820-8
Dépôt légal : septembre 2019

Ailleurs
meilleur

Sophie Adriansen

Nathan

À Ilyassa, Abakar et Patrick
À tous ceux qui en partant ont laissé
leur enfance derrière eux

Pour Marie-Thé et Julien

1

Un proverbe ivoirien dit la chose suivante : « Si tu vois un serpent sur une bicyclette, c'est qu'il a trouvé un moyen de pédaler sans les pieds. » Je songe à une autre possibilité : que ce serpent ait dégusté des claclos, les beignets boulettes de bananes plantains que prépare ma grand-mère. La meilleure chose au monde. Parce que les claclos, c'est bien simple, ça donne des ailes.

– Buuuuut !

J'ai encore marqué ! Trois buts d'affilée. La victoire est assurée. Mon cousin Sofiany a organisé la CAN, la Coupe d'Afrique des Nikélés[1]. Même pour une coupe en noix on peut jouer sérieusement.

– C'est le maillot qui fait le champion ! raille à la fin du match mon frère Alpha, un peu jaloux. Demain c'est moi qui le mets pour la finale.

---

1. Nikélé : nouveau (terme ivoirien). La CAN désigne en principe la Coupe d'Afrique des Nations.

Je rétorque en riant :

– On ne sait jamais d'où vient sa chance. Le maillot au premier qui arrive chez Mama.

Je porte celui de Drogba dans l'équipe de Côte d'Ivoire. Éléphant numéro 11. On rentre chez Mama en courant et j'arrive premier.

– Courir n'est pas nécessaire quand on est sûr d'arriver, dit grand-mère.

– Quand Alassane court, on dirait un poulet qui a peur d'être braisé, se moque Alpha, vexé.

– Ici on n'est pas à Cocody la coquette ! je réplique. Grâce à la sueur sur mon visage je mérite de porter le maillot du champion. Et je mérite aussi du chocolat et des claclos !

Grand-mère hoche la tête et fait bouillir des fèves de cacao dans le lait de chèvre. Je lui raconte le match et la victoire en finale qui nous tend les bras.

– Demain vous aurez encore des claclos pour prendre des forces, annonce-t-elle.

2

Mes parents ne sont pas au courant de mes exploits. Je les leur raconterai quand je les retrouverai. Ils vivent en Côte d'Ivoire, où je suis né. Mon père est cultivateur. Il a des plantations de coton et de café. Maman l'aide. Bientôt, ce sera mon tour de travailler aux champs : j'ai quinze ans et ma scolarité est terminée.

Je ne les ai pas vus depuis longtemps. Quand la guerre civile a éclaté, ils nous ont envoyés au Burkina Faso, Alpha et moi, juste avant que la frontière ne soit fermée. Des rebelles veulent prendre le contrôle d'Abidjan et d'autres villes ivoiriennes. La séparation me fait souffrir, mais au moins on ne risque pas de venir me chercher chez ma grand-mère pour m'enrôler dans l'armée.

Trois buts à nouveau ! La victoire est pour nous. Aujourd'hui c'est Alpha qui a marqué. Je le félicite :

– Tu vois, pas besoin de maillot pour être champion ! Mais je te le passe quand même.

Alpha farote[1] dans son tee-shirt orange.

– Eh, les frères Drogba ! lance Sofiany. Vous m'offrez des claclos pour avoir permis votre sacre ?

– C'est d'accord !

À cette heure-ci Mama n'est pas encore rentrée du marché mais Sofiany a de la chance : ses claclos, elle m'a appris à les faire. Avec un peu d'effort, j'y arriverai presque aussi bien qu'elle.

---

1. Faroter : frimer (terme ivoirien et camerounais).

3

Maman pleure, Alpha pleure, je pleure.

Mon père vient de mourir. Il était malade. Je ne suis pas revenu à temps pour lui parler une dernière fois.

Nous ne sommes pas les seuls à pleurer. Je vois les larmes sur le visage de ma « petite maman », la première femme de mon père, et des cinq enfants qu'ils ont eus ensemble. Sept enfants en tout. Moins que le voisin qui en a eu vingt-sept. Mais les cinq premiers de mon père n'ont pas quitté la Côte d'Ivoire : eux n'ont pas de grand-mère au Burkina Faso.

– Vous auriez dû rester là-bas toi et ton frère, me dit Oumar.

Oumar, c'est l'aîné des enfants de mon père. Il chuchote pour qu'on ne l'entende pas. Tout le monde est réuni sur la place, comme chaque fois qu'il y a un mort. « Tout se sait très vite » est l'autre nom de notre village.

– Pourquoi ? C'est chez nous, ici. C'est notre père, là. Autant que le tien.

– Si tu veux. Même si vous êtes venus après. C'est votre père, là, mais le reste, n'y comptez même pas.

Le reste ? Oumar parle des champs. Je n'avais pas pensé aux cultures, je n'avais pensé qu'à la tristesse.

– C'est à moi aussi. À moi et à Alpha.

– Ah oui ? Et qui a travaillé chaque jour avec le vieux dans les champs ? Qui a fait l'effort ? Qui mérite de continuer ?

Un jour, ma mère m'a dit que « les autres » aidaient aux plantations. Alors voilà ce qui se passe quand on est absent : d'autres prennent la place. Quelle que soit la cause de l'absence.

Soudain, j'ai l'impression que « les autres » ont plus d'importance que nous. Que papa est un peu plus leur père que le nôtre.

Et qu'on m'a pris ma place. Avec mon père, c'est mon avenir qui vient de s'envoler. Mon espoir d'avenir ici. Car ici il n'y a pas de travail pour qui n'a pas de terre à cultiver. Double douleur. Je n'ai pas fini de pleurer mon père que je dois affronter cette question plus grande que moi.

Quand Alpha et moi sommes partis au Burkina, j'ai pensé que dans notre malheur d'être séparés des parents on avait de la chance d'avoir Mama chez qui se réfugier. Aujourd'hui, je trouve que cette chance, on la paye cher.

Moi, j'aurai une seule femme, et seulement deux enfants. Je pourrai donner à chacun de quoi manger et avoir un métier.

– Tu ne peux pas rester là sans travailler, me dit ma mère le lendemain.

Elle va repartir au Burkina avec Alpha, auprès de ma grand-mère qu'elle aidera au marché. J'ai moi aussi réfléchi à la situation.

– J'ai vu l'Europe à la télé. Ils ont tellement de tout… Il doit bien y avoir quelque chose pour moi aussi.

Ma mère me regarde en hochant la tête.

– En Europe on s'occupe des enfants. Tu peux aller au Maroc, au Maroc il y a déjà l'Europe. Mais ne fais jamais rien de mal, sois toujours capable de te regarder dans la glace sans avoir envie de baisser les yeux. Et n'oublie pas de prier.

Parfois, je m'adresse au Grand-Tout. Le Dieu des autres, je m'en fiche. Le ramadan n'est pas obligatoire pour les enfants, je ne le fais pas. Il n'y a que le porc que je ne mange pas.

Oumar a donné à ma mère l'argent pour mon voyage. Elle a dû insister pour que quelque chose nous revienne. Je revois le regard d'Oumar ; s'il pouvait parler, cet argent dirait : « Bon débarras. »

Je promets d'être prudent.

4

J'ai trouvé le passeur. Je grimpe dans son four-gon. C'est un Toyota HiAce, un taxi-brousse de huit places. Nous sommes vingt passagers. « Faire le plein » ne signifie pas seulement mettre de l'essence. Et c'est sans compter les poules.

Il y a deux chauffeurs. Avant de démarrer, l'un d'eux remplace le caoutchouc d'un des pneus par de la corde tressée. Les moteurs des vieux camions résistent plus longtemps que la gomme de leurs pneumatiques. On doit rouler de nuit pour ne pas se faire repérer par les hélicoptères qui survolent le Burkina Faso. Le véhicule part vers le nord dans un nuage de poussière. Le grand voyage commence.

Ma mère a cousu une petite poche pour l'argent dans la doublure de mon jogging. J'y ai glissé aussi mon extrait de naissance. J'ai serré fort ma mère dans mes bras, j'ai embrassé mon frère, et je suis parti. Avec mon maillot numéro 11 et plus de francs

CFA que je n'en ai jamais eus. Plusieurs dizaines de milliers de francs CFA.

Je n'ai jamais mis les pieds à Abidjan, jamais vu l'océan Atlantique mais je pars pour le Maroc, au bord de la Méditerranée. M'en aller me fend le cœur mais puisqu'il n'y a pas d'avenir pour moi ici je vais m'en trouver un ailleurs.

Je pars pour un ailleurs meilleur. Chez moi, on n'attend pas la pluie pour se laver.

Le camion roule durant plusieurs heures. Le sable me pique les yeux. Le vent me sèche la bouche. À bord, vingt hommes et femmes, dont deux enceintes. On est si serrés qu'on ne peut pas se déplier. On respire le souffle du voisin. Il y a un bidon d'eau par personne. Le passeur a prévenu : chacun est responsable, si le bidon tombe ou se perce il ne sera pas remplacé.

Les chauffeurs s'arrêtent pour la nuit. Rien n'est prévu pour le couchage. C'est la première fois que je dors dehors.

Pas la dernière. Plus les jours passent, plus le camion roule vers le nord et plus les nuits sont froides. Le sable est un ignorant qui ne retient rien de la chaleur de la journée, et la lune se moque des souffrances des hommes. Je ne savais pas qu'on pouvait avoir aussi froid. Je n'avais jamais senti mes os avec autant de précision. Ça fait dix jours que je n'ai parlé à personne.

Nous finissons par arriver au Niger. Le camion s'arrête sur une piste en plein désert. Les chauffeurs nous ordonnent de descendre.

– Là, au milieu de nulle part ? s'indigne un homme. Mais vous êtes fous !

– On est encore loin de Tamanrasset, ajoute un autre. Moi j'ai payé pour aller jusqu'en Algérie !

Les passeurs s'en fichent. Ils n'écoutent pas. Ils lancent des insultes et profèrent des menaces qui couvrent nos protestations. Dès que tout le monde est descendu, ils remettent le moteur en marche et s'en vont.

– Attendons ici, ils vont revenir, ou alors quelqu'un d'autre va passer, disent les femmes.

– Personne ne viendra, il vaut mieux partir au plus tôt et continuer d'avancer, disent les hommes.

Je décide de suivre le groupe d'hommes.

– Vous ne savez même pas où aller ! lancent les femmes.

– Nous trouverons.

Nous marchons. Nous avons faim, et soif, et le soleil pour seul guide. La piste s'arrête net. Nous marchons encore. Personne n'a de boussole. Les bidons d'eau sont restés à l'arrière du fourgon. La chaleur compresse mes poumons dans ma cage thoracique. J'ai du mal à respirer. Je maudis le Niger, où il fait si froid la nuit et si chaud le jour.

Et puis soudain, après des heures de sable, des kilomètres de sable, du goudron apparaît. Une route. Dans le désert on peut se perdre, mais une route mène forcément quelque part. Nous sommes sauvés.

5

Un véhicule arrive. Un bâché sans sa bâche, une camionnette Peugeot 404 blanche à cabine simple, trois sièges à l'avant et une benne derrière, déjà bien pleine, qui perce la nuit. Elle va vers le nord.

– Vous avez de l'argent ? demande le conducteur.

J'ai déjà donné près de soixante-cinq mille francs CFA au passeur. Il ne me reste plus grand-chose, mais les autres donnent et je peux monter aussi. Des Maliens sont installés à l'arrière du 4×4. En tout, nous sommes trente-deux hommes, certains assis les jambes pendant dans le vide, secoués comme des cauris[1] sur un djabara[2]. Deux d'entre eux protestent :

– Moins vite ! On va tomber.

Sans prendre la peine de s'arrêter, le chauffeur nous balance une corde. Un à un, les passagers la

---

1. Petits coquillages également appelés « porcelaine-monnaies ».
2. Sorte de maraca africaine.

passent autour d'eux pour ne pas tomber. Quand vient mon tour, la camionnette roule sur un nid de poule et je bascule. Aussitôt, une main se tend. Je l'attrape et je rétablis mon équilibre. C'était moins une.

– Merci.

– Je m'appelle Modeste. Et toi ?

C'est un des Maliens. Il a l'air un peu plus âgé que moi, d'après ce que l'obscurité me laisse deviner.

– Alassane.

– Tu vas jusqu'où ? L'Europe ?

– Toi aussi ?

– Oui. On y va ensemble ? Adjugé. Ton pied, mon pied[1].

---

1. On y va ensemble (proverbe ivoirien).

6

Modeste a quitté son village situé à l'est de Bamako, la capitale, pour prendre la route. Au Mali, c'est la guerre depuis deux ans et Modeste ne veut plus se battre. Il est parti il y a onze jours et il les compte en se faisant chaque matin une légère entaille au couteau sur le côté de sa main gauche.

– Je ne pourrais pas me faire mal exprès comme ça, je lui dis.

Modeste ne relève pas.

– Et toi, tu es parti depuis combien de temps ?

Je réfléchis. Plus longtemps que Modeste, c'est sûr, mais je ne sais pas exactement. Je songe que cet endroit de la main n'est peut-être pas si douloureux lorsqu'un bruit retentit.

Un passager vient de tomber. Il s'est endormi et il a glissé, malgré la corde.

Le 4×4 ne s'arrête pas.

Le 4×4 ne ralentit même pas.

Le corps en tombant sur le sable fait un son mat, aussitôt mangé par celui du moteur.

Personne ne réagit. Je ne bouge pas non plus. Je regarde Modeste, il me regarde en retour, et je lis dans ses yeux que c'est la loi. Modeste pense peut-être que cette violence muette vaut mieux que la guerre qui saigne son pays. Moi, je me représente le marché où j'accompagnerais Mama si je n'étais pas parti. À présent, ça ne me paraît pas si terrible. Je suis soudain glacé de peur : dans quoi me suis-je aventuré ? Quel est ce voyage que je viens d'entreprendre ?

Le choc a dû réveiller le passager mais le corps a été avalé par la nuit. Je ne vois rien d'autre que le noir. Le désert est une punition.

7

- Rien ne m'empêchera de rejoindre l'Europe, déclare Modeste.

– On m'a dit qu'au Maroc il y avait déjà l'Europe, c'est vrai ?

– C'est vrai, mais il faut y entrer. Il y a deux possibilités : la mer ou le mur. Pour traverser la Méditerranée en bateau depuis Oran jusqu'à Las Palmas, ils demandent vingt-cinq mille francs. Mais leurs bateaux…

– Quoi ? Qu'est-ce qu'ils ont ?

– Des pirogues aussi stables qu'un hippopotame sur une planche d'équilibriste ! Ils les chargent encore plus que cette camionnette, sauf qu'une fois sur l'eau s'il y a un problème on ne peut pas sauter ! Les passagers embarquent sans bagages, ils n'emportent que leurs cauchemars et ils s'en remettent au ciel.

– Et le mur ?

– C'est le nom qu'on donne aux grilles.

– Quelles grilles ?

– Tu comprendras quand tu les verras.

Ton pied, mon pied. Modeste est bien renseigné.

– Tu vas choisir quoi ?

– J'ai déjà choisi.

8

La camionnette s'arrête. Je me fige. Autour de moi, on murmure.

– C'est des coupeurs de route.

– Ils ont été prévenus par le chauffeur.

Ils ont des armes, des kalachnikovs et des couteaux qui scintillent au soleil du matin.

– Donnez-nous l'argent ! nous ordonnent-ils.

Je n'ai jamais vu une kalachnikov d'aussi près. Les Maliens donnent. Modeste donne. Je donne ce qu'il reste dans ma poche en remerciant ma mère d'avoir fabriqué une cachette dans mon pantalon.

Les coupeurs siphonnent l'essence de la Peugeot. Ils s'enfuient avec les poches et les bidons pleins. J'ai la rage.

Plus d'argent, plus d'essence. Nous venons de passer la frontière algérienne. Tout le monde est débarqué.

9

Est-ce que mon avenir est d'errer parmi les Berbères, les chameaux, les moutons ?

Nous avons marché et finalement atteint une ville, une cité de Touaregs perchée dans le Sahara. En fin de journée, Modeste a repéré une maison sans porte, comme abandonnée. Nous y entrons et nous nous allongeons par terre. Au moins, nous sommes protégés du vent.

J'ai trop froid pour m'endormir. Je somnole en rêvant d'un festin de brochettes, de maïs grillé, de dattes, de riz-sauce, de manioc et surtout de claclos. J'ai faim. J'ai l'impression d'avoir une pierre dans l'estomac tellement j'ai faim.

Mon festin s'anime. Il y a de la musique. Modeste s'est endormi. Au loin, j'entends les bruits d'une fête. On s'amuse, on rit, on danse près d'ici. Et sans doute qu'on mange à sa faim. Je me relève et je me laisse guider par le bruit. Dès que je vois les lumières, je fais demi-tour.

À l'aube, j'entraîne Modeste sur place. Gagné : les poubelles sont pleines. Il y a même du pain.

– Le miel n'est jamais bon que dans une seule bouche ! s'exclame-t-il. Alassane, tu es un génie.

Le ventre plein, Modeste trouve un vendeur à aider sur un marché de la ville. Je me propose pour garder des moutons. Nous mangeons chaque matin ce à quoi nos oreilles nous ont conduits dans la nuit. En un mois, nous avons assez d'argent pour repartir. Sans compter la réserve dans mon jogging. Il y a quarante entailles de plus sur la tranche de la main de Modeste depuis que je l'ai rencontré.

Une nuit, un guide nous mène à Maghnia, une ville proche du Maroc. Pour franchir la frontière, il suffit d'avoir l'argent pour le passeur.

– Vous allez voir : le Maroc, c'est l'enfer, mais partir du Maroc, c'est pire que l'enfer, prévient celui-ci après nous avoir menés à destination.

De l'autre côté, c'est Oujda. Nous allons directement à la gare routière et nous montons dans un bus qui va à Nador. Nador a un surnom : « la Ville au pied du mur ».

Je me sens presque arrivé. Presque libre. Je ne dépends plus d'aucun passeur. Le but est tout près. Grâce à Modeste, j'ai survécu au désert. Tout seul on va vite, mais à deux on va loin.

10

Ce n'est pas l'enfer, c'est la forêt. Une forêt de cactus, d'arbres secs et d'herbes hautes qui poussent sur la rocaille d'un mont baptisé Gourougou. Et peuplée d'hommes. Une jungle. Ça grouille. Un campement s'est organisé. Certains ont étendu des bâches pour se protéger de l'humidité de la nuit. Les arbres servent de portemanteaux et de garde-mangers. D'autres ont aménagé des abris dans la roche, comme des cavernes. D'autres encore vivent dans les buissons. Des hommes sont blessés. Des affaires traînent un peu partout : chaussures seules, sacs en plastique, couches d'enfants. Tout est sale.

Je suis Modeste qui avance en direction d'un rocher-promontoire. Une main m'attrape le mollet.

– J'ai faim. Tu as quelque chose à manger pour moi ?

– Rien. Pourquoi tu ne descends pas à la ville, juste en bas ?

– À Nador ? C'est plein de policiers. Ils vont jusque-là pour protéger les grilles.

Je lève les yeux et alors seulement je les vois, ces grilles dont tout le monde parle, pour lesquelles tout le monde est là. Trois grilles, l'une derrière l'autre, le long de la route en contrebas. Si hautes, même vues d'ici. Et qui courent à perte de vue.

– Elles s'arrêtent où ?

– Jamais. Il y en a sur quinze kilomètres. La forteresse Europe est protégée. Ils viennent jusqu'ici mettre le feu à nos affaires. Cache-toi, voilà une patrouille !

L'homme s'aplatit dans le buisson, mais un policier le repère et lui donne un grand coup de pied. Son corps dévale la pente comme un sac de ciment. Un cri résonne dans l'air. Modeste m'entraîne en courant dans la nuit qui tombe.

11

Les peuples se reconnaissent entre eux ; on doit avoir des antennes invisibles. Modeste a retrouvé des Maliens. Nous nous installons avec eux le temps qu'arrive notre tour de franchir les grilles. Le bambara du Mali est proche du dioula de Côte d'Ivoire. On peut parler sans se faire comprendre des autres. J'ai aussi fait la connaissance d'un Camerounais qui traîne par ici, grand et fin comme une liane. Il s'appelle Idrissa et porte aussi un maillot de Drogba ; sur le mont Gourougou, tous les points communs rapprochent. Idrissa a vingt-quatre ans et ça fait plusieurs mois qu'il est là.

– Je ne supporte pas qu'on décide pour moi. Je suis indomptable, comme les Lions déjà quatre fois victorieux de la CAN ! Je n'ai appelé chez moi qu'une fois arrivé au Niger, le pays des *Super Eagles*, pour annoncer que j'étais en route pour Mbeng. Ce n'est pas difficile de trouver un passeur au Cameroun. Il suffit d'ouvrir ses oreilles, le kongossa[1] y souffle les informations utiles. Dans toutes les villes où court le chemin de fer, et même dans celles où il ne court pas, il y a des passeurs, et des hommes qui connaissent des passeurs. C'est mieux qu'une agence de voyages. Et pour monsieur, ce sera ? La voie libyenne ou la voie nigériane ? Lampedusa ou Melilla ? Tu parles… La peste ou le choléra. J'ai pris le choléra. Ne me demande pas pourquoi.

– Mais si ta famille n'était pas au courant, qui t'a donné l'argent ?

– Moi-même. J'ai travaillé pour ça. Ce n'est pas pénible de travailler quand on a un but. Mon but, c'était partir. Et obtenir des papiers. Au Cameroun, on achète un passeport aussi facilement que du soja au marché. Avec de l'argent on obtient ce qu'on veut. Tout ce qu'on veut. Même l'exode s'achète. C'est la base des problèmes. Les dirigeants eux-mêmes ont acheté le pouvoir. Et ils entretiennent la corruption. Si elle existe au coin de la rue c'est qu'il faut sans cesse donner des francs aux uniformes. S'il faut sans cesse donner des francs aux uniformes

----

1. La rumeur (terme camerounais).

c'est que l'État oublie régulièrement de les payer. La chaîne ne peut se briser qu'avec une décision au plus haut niveau. Mais personne n'en a la volonté. Une république, le Cameroun ? Le président est à sa place depuis plus de trente ans.

— Je n'ai pas compris… « Mbeng », c'est quoi ?

— La France.

La France. Un ailleurs meilleur.

— Alors c'est en France que tu vas ?

— Oui ! Le pays des droits de l'homme, de Jacques Chirac et de la tour Eiffel ! Le kongossa dit que tu as une chance sur cent d'arriver en France. Mais si je n'étais pas parti, c'étaient cent chances sur cent que j'avais de rater ma vie.

La France. *Mon* ailleurs meilleur.

12

Un Malien a rapporté de la nourriture. On partage, mais nous sommes les derniers arrivés. Modeste n'a fait qu'une nouvelle entaille depuis que nous avons atteint ce campement établi sur le mont Gourougou.

Je n'ai pas moins faim après avoir avalé ma part.

— Certains sont là depuis des années, me dit Idrissa.

— Et toi, qu'est-ce que tu attends ?

— Mon heure de chance. Tu crois que c'est par plaisir que je séjourne ici ? Gourougou est un mont sans Dieu ni gourou. Quatre fois j'ai essayé d'attaquer « le mur ». Quatre fois je suis tombé sur les Ali.

— Les Ali ?

— Les gardes marocains. « Patrouilles dissuasives », ils disent. D'ailleurs c'est pas moi qui tombe sur eux, plutôt eux qui me tombent dessus avec leurs crosses. Des diables surgis de leur boîte. Ils frappent au visage, rien ne les arrête, même si on est à terre.

S'ils étaient tendres ils feraient un autre métier. Ils ne s'en vont que quand ils pensent que tu en as eu assez pour ne jamais vouloir réessayer.

– Mais tu réessayes…

– Évidemment ! L'avenir est juste là. À ma portée. De l'autre côté, c'est l'Espagne, et le centre avec les gens de la Croix-Rouge. Je n'ai pas fait tout ça pour rien. Je n'ai pas quitté mon pays et traversé le continent pour rien.

– Pourquoi ont-ils dressé ces grilles ?

– *Pour*quoi ? Ce n'est pas pour, c'est contre. Contre nous. On ne veut pas des Africains en Europe. Pas de Noirs sur la terre promise. L'Afrique est une cage. Une gigantesque cage dans laquelle on nous maintient enfermés. Il n'y a qu'aux cages qu'on met de si hautes grilles. On sait qui est du mauvais côté des barreaux. On sait de qui on veut se protéger. Tu crois que toi ou moi on est des bêtes féroces ? Des animaux dangereux ? Les moutons se promènent ensemble mais n'ont pas le même prix[1], c'est tout.

---

1. Tout le monde n'a pas la même valeur (proverbe ivoirien).

— Tu vas réessayer ?

— Bien sûr. Mon heure de chance approche.

Idrissa porte un chapelet de perles blanches autour du cou. Moi, je n'ai foi qu'en moi.

— En attendant, je suis un ange gardien.

— Comment ça ?

— Pendant qu'on s'acharne sur moi, il y en a qui passent. Certains sont de l'autre côté grâce à moi. Ça donne un sens à mes échecs. À quelque chose malheur est bon.

Des grillages gardés par la police marocaine et par la police espagnole. Des gardes armés, qui ont ordre de frapper sur tous ceux qui essayent de grimper. Je sais maintenant pourquoi on l'appelle « le mur ». Ces grilles, on peut y laisser sa peau.

Mais si l'Afrique est une cage, je vais scier les barreaux. Au moins un ou deux – juste assez pour me faufiler.

13

Les Maliens veulent de l'argent. Les chefs du groupe disent que c'est pour donner des médicaments aux blessés, ceux qui ont tenté de franchir les grilles et sont tombés sur les gardes. Grimper n'est pas la seule difficulté, il faut aussi éviter les policiers. Il faut choisir le bon endroit pour escalader, celui d'où on ne sera pas repéré par les patrouilles. Parce que les grillages sont plus hauts, bien plus hauts que les arbres autour. Quand on commence à y grimper, on est très vite à découvert. À nu. Un animal perché sur sa branche de métal. Exposé aux regards et aux coups. Un homme reste moins agile qu'un animal, même si on le traite comme une bête.

Cette histoire de médicaments est fausse. Les blessés attendent sans être soignés. Mais Idrissa me l'a dit trop tard, et on ne veut pas me rendre mon argent.

Je sais grimper mais je ne connais pas les lieux, Modeste non plus. Idrissa est l'une des dernières personnes auprès de qui se renseigner, il sait surtout où il est risqué d'aller.

Après avoir payé les chefs maliens, je paye encore le guide qui va nous conduire à pied jusqu'aux grilles. La réserve cousue par ma mère est vide à présent. Je ne sais pas combien j'ai donné d'argent depuis que j'ai quitté la Côte d'Ivoire. L'avenir s'annonce bien plus cher que prévu.

Mais tout près n'est pas loin. Le départ est pour cette nuit.

14

Nous sommes cinq cents à partir en même temps. Deux jours de marche nous attendent. Les grillages sont proches du mont Gourougou mais il faut faire un grand détour. Les hélicoptères veillent.

Et enfin les voilà, les grilles. Immenses. Six ou sept mètres de haut. Pire qu'un mur en réalité. Parce qu'on voit au travers. L'autre côté paraît à portée de main. On peut observer le décor, les arbres, la lumière. Pas besoin d'imaginer la liberté. J'ai une fugace pensée pour Idrissa.

– Maintenant !

Modeste me tape dans la main. Le coup d'envoi est donné. Il faut foncer. On s'élance sur les premières grilles comme des mouches affamées sur un morceau de viande saignante.

Les gardes marocains sont là, mais ils ne sont pas cinq cents. Ils courent, brandissant leurs bâtons. Ils frappent et font tomber ceux qui ont commencé à grimper. Les policiers espagnols accourent avec des échelles hautes d'au moins trois mètres qu'ils posent contre le grillage. Ils sortent des bombes de gaz lacrymogène. Je vois un grimpeur qui lâche le grillage pour se protéger le visage. Un coup de bâton. Il tombe et entraîne dans sa chute d'autres grimpeurs. Le danger est partout et Modeste a disparu. Où dois-je aller ?

Les policiers espagnols se penchent pour ramasser des cailloux et les lancer sur nous. Tout le monde ne peut pas grimper en même temps. Il ne peut pas y avoir cinq cents personnes à la fois sur les grilles. Des Maliens répliquent avec d'autres cailloux. Les Marocains n'apprécient pas.

Dans la cohue et les jets de pierres, je repère un espace. En un éclair, je me débarrasse de mon pull. Il pourrait s'accrocher dans les barbelés. Puis de mes chaussures. Je serai plus rapide pieds nus. Et je grimpe. Deux mètres, trois mètres, quatre mètres. Drogba, donne-moi la force. J'approche du haut des grilles, je suis désormais hors de portée des bâtons. Les jets de cailloux ne m'atteignent pas. Ma respiration est saccadée. Je lutte pour empêcher la panique de me gagner. J'aperçois un campement de l'autre côté. Je dois atteindre ces tentes.

Je parviens en haut des grillages. Je sens la peau de mes mains et de mes bras se lacérer sur les barbelés. Je regrette d'avoir enlevé mon pull. Je passe de l'autre côté de la première clôture et je redescends à toute vitesse.

Je dévale le fossé, je cours quelques mètres, vite, je sais courir vite, tous les enfants qui fuient quelque chose savent courir vite, je grimpe une fois de plus, franchis une deuxième barrière de barbelés, redescends encore, cours encore, escalade la troisième grille, franchis la troisième barrière de barbelés. Ouf. Cet obstacle était le dernier.

De l'autre côté. Je suis de l'autre côté.

Il faut courir à nouveau. Je ne vois plus rien. Plus rien d'autre que les tentes. Les tentes brunes du centre, et cette croix rouge sur fond blanc, et aussi le drapeau rouge et jaune, qui veut dire Espagne, qui veut dire Europe, qui veut dire avenir.

Courir, courir encore, les pieds nus sur la terre, tant pis s'ils sont écorchés, si la terre ravive les écorchures des barbelés, courir sans s'arrêter, surtout ne pas s'arrêter, et sans penser, surtout ne pas penser. Courir vite, le seul moyen de me sauver. Courir comme un animal, comme une bête traquée, et ne plus connaître personne.

Courir cette fois encore pour ne plus avoir à courir de ma vie. Si je cours, c'est que je suis encore vivant.

J'y suis. Je n'ai plus de souffle. Mes tempes tambourinent, des étoiles dansent devant mes yeux. Je n'ai plus la force de lutter. Si je vois danser les étoiles, est-ce que je suis encore vivant ?

15

– *¿Qué edad tienes ?*

Je ne comprends pas.

– *How old are you ?*

Je ne comprends toujours pas. Il parle combien de langues, ce type ? Même pour l'*anglish* il me faudrait un décodeur.

Il me fait signe de le suivre dans une tente de la Croix-Rouge, la même que celle qui orne son gilet.

– Quel âge as-tu ? me demande une femme.

– Quinze ans. Non, seize !

J'ai répondu par habitude. J'ai vieilli pendant le voyage. Je n'y ai même pas fait attention. Je suis parti il y a des mois, mais combien exactement ? Quatre ? Cinq ? Plus ? L'idée de Modeste de compter les jours n'était pas idiote.

– Tu es à l'infirmerie du CETI, le Centre d'accueil temporaire pour immigrés. On va s'occuper de toi. Tu es malade ? Sida ? Palu ?

– Non.

La femme me donne des habits propres.

– Je vais nettoyer tes plaies.

Je constate seulement maintenant que mon tee-shirt et mon jogging sont couverts de sang. La peau de mes bras et de mes mains aussi.

– Est-ce que vous avez vu un Modeste ?

– Ça ne me dit rien. Mais de nouveaux migrants arrivent sans cesse, je ne suis pas au courant de tout…

Je chercherai mon ami plus tard. Franchir le mur m'a épuisé.

Je vais dormir un peu.

16

Mes plaies ont commencé à cicatriser. Je suis autorisé à me laver, le frottement ne risque plus de rouvrir mes blessures. J'ai récupéré mon jogging et mon maillot de champion. Ça fait presque une semaine que je suis là et que des gens de la Croix-Rouge s'occupent de moi. Demain, je pourrai quitter l'infirmerie.

Ça grouille autour de moi. Certains migrants sont là depuis longtemps, des semaines, des mois. Plus d'un an pour cet homme qui a le pied cassé après avoir sauté du haut des grilles. Je reconnais les visages de certains. Mais personne ne connaît de garçon prénommé Modeste.

À Melilla, il n'y a rien à faire. Je retrouve des Camerounais et des Maliens au milieu de ces hommes et ces femmes qui ramassent les migrants et s'occupent d'eux comme ils peuvent. Un homme à gilet rouge m'attribue un couchage dans une tente d'une vingtaine de personnes, réparties sur des matelas superposés trois par trois. Autour de nous, des boutiques. Admirer les boutiques quand on n'a pas d'argent c'est comme respirer l'odeur du mouton grillé quand on n'a pas le droit de manger.

À Melilla, personne ne peut vraiment rester, c'est seulement un camp de transit, un endroit pour se soigner et reprendre des forces avant de poursuivre le voyage, et de nouveaux migrants arrivent chaque jour, il faut leur laisser la place, il y a déjà deux fois plus de personnes que le centre ne devrait en contenir. Mais on ne part pas comme on veut.

– Alassane ? Tu embarques ce soir pour l'Espagne, en face, m'annonce un homme qui travaille pour le gouvernement espagnol lorsque je sors de l'infirmerie.

C'est un immense ferry blanc avec une longue ligne rouge sur la coque. Je n'ai jamais pris le bateau. Celui-ci est énorme, il me fait peur. Il va couler, c'est sûr. Je sais nager, j'ai appris au Burkina Faso, dans une rivière où les grands entraînent les petits, mais cette mer-là n'a rien à voir avec la rivière tranquille du Burkina. « La mer c'est la mort », m'a dit Modeste.

Je monte quand même. Il est vingt heures. Il y a beaucoup de monde à bord et le bateau ne tangue pas, la coque ne plonge même pas un peu plus dans l'eau. Le ferry a l'air solide. Je suis rassuré. Les moteurs entrent en action et le bateau quitte le port.

Je visite les lieux. Il y a une grande terrasse à l'avant du bateau, d'où on apercevrait peut-être l'horizon s'il faisait jour, et aussi tout un tas de boutiques avec des jouets, des vêtements, des friandises. Le ferry me paraît à la fois plus petit et plus vaste à présent que je suis dessus. Comment un tel paquebot peut-il flotter sur l'eau ? Il y a même un magasin de souvenirs !

– Tu veux m'envoyer une carte postale ?

– Modeste !

– Je savais que tu y arriverais, mon frère.

– Qu'est-ce que tu as à la main ?

– Pas sûr qu'on puisse encore parler de main… Ou alors bouillie de main !

Horrifié, j'observe ce qu'il en reste. Bouillie de main, on ne peut pas dire mieux. Et le compte des jours n'a pas résisté. Les entailles ont disparu. Effacé, le calendrier. Écrasé.

– Devine qui gagne, entre la main du Malien et le bâton du garde ? reprend Modeste. Mais je me suis vengé, je lui ai craché dessus. Et toi ? Tu n'es pas blessé ?

– Des griffures de grillage, rien de grave. Mais tu as réussi à passer malgré le garde ?

– Pas vraiment. Il m'a ramené au mont Gourougou. Alors j'ai choisi une autre stratégie. Le lendemain, je suis descendu au poste-frontière de Béni Ansar. Je me suis caché dans une voiture. Dans le pare-chocs. J'ai préféré ça à la banquette ou au tableau de bord. Les policiers ne pensent pas toujours au pare-chocs quand ils font leurs fouilles, et il y a moins de risques de mourir asphyxié. Tu n'es pas fatigué ?

– Si. On peut aller dans la salle où sont les sièges, si on dort la traversée passera plus vite.

17

C'est le matin. Le bateau accoste. Ici, ça s'appelle Málaga. Des hommes et des femmes qui travaillent eux aussi pour le gouvernement espagnol nous accueillent :

— Le bus pour Murcia, pour ceux qui vont en France !

Je m'avance. Modeste n'a pas bougé.

— Tu ne viens pas ?

— Je veux rester en Espagne.

Comment se fait-il qu'on n'en ait jamais parlé ? Modeste sait ce qu'il veut. Et moi, je n'ai pas l'intention de renoncer au pays des droits de l'homme, de Jacques Chirac et de la tour Eiffel. Je ne comprends même pas l'espagnol. En France, je serai seulement noir. Pas noir *et* ne parlant pas la langue. Notre Europe n'est pas la même.

Un coup au cœur. Six mois que je côtoie Modeste. C'est mon ami, mon frère. Je l'ai perdu et je viens seulement de le retrouver. Je ne pensais pas qu'on se séparerait de nouveau avant d'être arrivés. Ton pied, mon pied. Mais Modeste est arrivé. Son bus à lui n'ira pas loin. Notre route commune s'arrête là.

On me donne mon billet pour Paris. J'ai des picotements dans le cœur mais je n'ose pas dire ma tristesse. Je vais être à nouveau seul.

Modeste me tend un papier.

– À Melilla, j'ai déchargé des caisses de légumes au marché. Même avec une main en moins, j'arrive à travailler. Avec l'argent, j'ai acheté un téléphone. Je te donne mon numéro. On se reverra, il n'y a que les montagnes qui ne se rencontrent pas.

Je plie le papier et je le glisse dans ma poche secrète avant de grimper dans le bus, un bus d'une ligne régulière qui accueille toutes sortes de voyageurs. Modeste me fait signe de l'autre côté de la vitre grasse. C'est la fin de quelque chose, mais je ne sais pas de quoi.

18

– En arrivant à Paris, tu iras à la gare Montparnasse prendre le train pour Lorient. Une fois là-bas, tu seras pris en charge par le département, m'a dit un homme de l'immigration espagnole à Málaga en me donnant un ticket de métro et un billet de train.

C'est dans la ville de Lorient que je suis attendu. Mais ce n'est pas à Paris qu'arrive le bus. Les panneaux disent « Gallieni » et je suis livré à moi-même. Je suis le flot des voyageurs qui prennent la direction du métro. Il faut descendre par des escaliers mécaniques, emprunter des couloirs, descendre encore, glisser son ticket dans l'un des appareils, pousser le tourniquet et franchir la barrière, marcher encore, descendre encore. Je regarde comment font les gens et je les imite. Je me retrouve sur un quai. En l'air une indication clignote : le métro va arriver. Une minute plus tard, un bruit d'enfer : le voilà. Les portes s'ouvrent, aussitôt des passagers en sortent, sans lever les yeux, pressés et déterminés, puis les gens qui attendent sur le quai autour de moi montent à leur tour, et moi aussi. En entrant dans le wagon je dis : « Bonjour » ; personne ne me répond. Les portes se referment. Je suis fier de moi : quelques minutes seulement après être descendu du bus je suis à bord du métro de Paris.

Qui démarre sans prévenir. Je perds l'équilibre. Je m'agrippe à une barre en métal qui va du sol au plafond, à laquelle d'autres voyageurs s'accrochent aussi. Personne ne semble avoir remarqué que j'ai failli tomber. Personne ne semble *m'*avoir remarqué. Je suis transparent. Voilà pourquoi personne n'a répondu à mon bonjour. Je ne croise aucun regard, les yeux sont tous baissés, les gens fixent leurs genoux, leurs pieds, leur téléphone, lisent un journal, observent les couloirs sombres aux murs gris qui défilent de l'autre côté des vitres.

Le métro ralentit et entre dans la lumière de la station suivante. Le manège se répète, ouverture des portes, descente des voyageurs, montée de ceux qui attendaient, on me bouscule dans un sens puis dans l'autre, personne ne s'excuse, tout le monde a l'air de trouver cela parfaitement normal. Je croyais les Français plus polis.

Au bout d'un moment, je réalise qu'il n'y a nulle part écrit « Gare Montparnasse ». Je descends du métro. Sur le quai, un homme noir se dirige vers la sortie. Quand il arrive à ma hauteur, je l'interroge :

– La gare Montparnasse ?

– Tu n'y es pas du tout ! Tu dois reprendre le métro, changer à Réaumur Sébastopol, puis prendre la ligne 4 jusqu'à Montparnasse. Tu as compris ? Tu prends le prochain qui arrive là, tu descends quand tu arrives à la station Réaumur Sébastopol, puis tu cherches la 4, c'est violet, tu verras. Et tu vas jusqu'à Montparnasse Bienvenüe. Tu viens d'où ?

– Melilla, Côte d'Ivoire. Merci !

Je mémorise « Sébastopol-4-violet-Montparnasse ». Cet homme-là est le premier à me souhaiter la bien-venue.

Je descends à la station Sébastopol, je demande mon chemin, j'emprunte la bonne ligne de métro mais dans le mauvais sens, je demande à nouveau mon chemin, je reprends la ligne dans l'autre sens, je parviens enfin à la station Montparnasse. Elle s'ap-pelle « Montparnasse Bienvenüe » ; en fait, l'homme ne m'a adressé aucune parole d'accueil particulière. J'avance dans des couloirs qui n'en finissent pas de s'étirer, je passe des barrières, je demande encore mon chemin, j'ai l'impression de ne faire que ça, demander mon chemin, alors que j'ai honte de mon français et que personne n'est volontaire pour m'aider ou me donner des renseignements. Tant pis. Je suis à la gare, c'est tout ce qui compte. Je vais pouvoir prendre le train pour Lorient.

La gare ressemble à un labyrinthe : il y a partout des panneaux indiquant des directions, partout des escaliers qui montent et qui descendent, mécaniques ou non, des boutiques brillantes dont l'éclairage fait mal aux yeux, des publicités criardes, et surtout des gens, partout des gens, qui stationnent, qui marchent ou qui courent, qui mangent ou qui parlent fort dans leur téléphone, et parmi ces gens si nombreux toujours personne qui ne me voit, ou alors seulement pour me lancer un regard qui veut dire tu me gênes, que fais-tu sur mon passage, pourquoi me regardes-tu comme ça, écarte-toi.

Et nulle part il n'est question de Lorient.

Est-ce possible d'avoir réussi à traverser le Burkina Faso, le Niger, l'Algérie, le Maroc, d'être parvenu à franchir les grilles de Melilla, d'avoir pris le bateau pour traverser la mer, le métro pour traverser Paris, d'avoir atteint la bonne gare pour Lorient et d'y tourner depuis si longtemps comme un lion en cage sans trouver le train à prendre ? Je n'en peux plus. Le département m'attend ! Pourquoi à Málaga personne ne m'a dit que ce serait difficile ? Pourquoi personne ne m'a donné de conseil ? Et pourquoi suis-je si timide ? Et seul ? Ce n'est pourtant pas comme s'il n'y avait personne autour de moi. Mon français ne vaut rien, et moi non plus.

Ça fait deux heures que je tourne en rond. Mais découragement n'est pas ivoirien. Je repère soudain un Africain. Je m'approche de lui. C'est un Malien. Par chance, il connaît la gare. Il consulte le tableau des horaires et me mène jusqu'au hall où stationne le train pour Lorient, puis jusqu'au quai numéro 9. Fin du calvaire.

– C'est là. Le train part dans vingt minutes.

Le Malien me souhaite bonne chance. On n'a même pas échangé nos prénoms.

19

Ce train est vraiment confortable. On est bien assis. Le paysage défile à toute allure. C'est joli. La ville est peu à peu remplacée par la campagne, il y a des collines très vertes, des arbres qui ont l'air de se réveiller d'un long hiver, parfois un lac, un village au loin, quelques vaches. Un vrai spectacle.

Deux hommes entrent dans le wagon en répétant « Bonjour, monsieur », « Bonjour, madame ». L'un d'eux s'approche de moi.

– Ton billet ?

Je fouille mes poches. Le billet de train était trop grand pour la cachette dans la doublure. Il est introuvable. L'homme redemande :

– Ton billet ? Tu as un billet ?

L'homme souriait aux autres passagers mais à moi il ne sourit pas. Il porte un costume bleu marine dont les poches sont rouges, une casquette à visière, une cravate bleu ciel assortie à sa chemise, un badge brillant. Il a une sacoche et un boîtier noir, comme un très gros téléphone. Est-ce un policier ?

— Pas de billet. On m'a bousculé dans le métro, j'ai dû le perdre à ce moment-là…

— C'est ça. Bon, je dois te verbaliser. Tu as des papiers ?

Je sors mon extrait de naissance, le seul document en ma possession.

— C'est tout ce que tu as ?

— Oui, c'est tout. Mais c'est un papier.

L'homme regarde le document plus en détail.

— Tu as seize ans, c'est ça ? Tu es mineur ?

Je hoche la tête.

— Bon. Prends tes affaires et suis-moi.

Il m'emmène à l'arrière du train. Je m'assois avec deux filles blanches qui n'ont pas non plus de billets. Trois heures que le train est parti de Paris. Une voix annonce l'arrivée en gare de Lorient et le train ralentit. L'homme à la casquette me fait signe de descendre. En bas du marchepied se tiennent trois hommes en uniforme. L'un d'eux me fouille sans me demander mon avis.

— Il est mineur, lui dit l'homme du train.

Pendant ce temps, les filles répondent à des questions. On les laisse repartir. Pas moi. Les hommes m'encadrent et me font monter dans une voiture blanche sur laquelle le mot « POLICE » est inscrit en lettres bleues.

– On va où ?

– Au commissariat, répond celui qui est assis avec moi à l'arrière. Tu viens d'où ?

– Paris.

On n'est pas là pour rire, parce qu'on n'a pas ri pour être là[1].

– Oui, mais avant ça ?

– Málaga.

– Hum. Et avant l'Espagne ? L'Afrique ? Mali, Cameroun ?

J'hésite avant de répondre « Côte d'Ivoire ». Et si on m'y renvoyait ? Et si on me forçait à faire le trajet en sens inverse ? Ma mère m'a dit qu'en Europe on s'occupait des enfants, mais qu'est-ce que ma mère connaît vraiment au pays de Jacques Chirac ? La voiture de police roule sans s'arrêter aux feux. Je réalise que je suis passé à Paris et que je n'ai même pas vu la tour Eiffel.

---

1. Proverbe ivoirien.

La voiture se gare devant le commissariat. Les policiers m'y font entrer et asseoir sur une chaise en plastique.

– Le département m'attend, dis-je.

Ça me semble important. Le policier qui s'est installé derrière le comptoir relève la tête.

– On va te trouver où dormir.

20

Deux policiers me conduisent en voiture chez Maud, une femme du conseil général qui va m'héberger pour la nuit. Il est trop tard pour envisager autre chose. Je tiens à m'expliquer :

– Je ne trouvais pas le train… et les policiers m'ont arrêté car j'ai perdu mon billet dans le métro.

– Ce n'est pas grave. Ce qui compte, c'est que tu sois arrivé jusqu'ici.

La personne qui m'attendait à la descente du train m'a cherché, mais les policiers m'avaient déjà emmené avec eux. Maud m'informe que je suis pris en charge par le conseil général dans le cadre de l'aide sociale à l'enfance. Le conseil général, c'est le département et, en France, les départements se répartissent les enfants. J'irai dans un centre éducatif apprendre le français, et dès demain je dormirai à l'hôtel en attendant d'avoir une place en foyer.

Maud me donne un pyjama gris clair pour la nuit.

— Tes vêtements seront secs demain matin, annonce-t-elle en appuyant sur les boutons d'une grosse machine à laver.

Elle me conduit à ma chambre. Je m'allonge sur le lit. Il est confortable, avec un gros oreiller et une couette moelleuse. La chambre est décorée sur le thème des fleurs, il y en a sur le papier peint, sur les deux dessins encadrés, sur le napperon posé au milieu de la petite table. Il n'y a presque pas de bruit ici, ni dans la maison, ni dans la rue. Ça fait long-temps que je n'ai pas été entouré d'autant de calme. Longtemps que je n'ai pas dormi autrement que d'un sommeil léger. Toujours en alerte. Ici, il n'y a rien à craindre. Je tourne le bouton de la lampe de chevet et j'éteins la lumière.

Je me réveille à sept heures et demie. J'ai dormi d'une traite, sans faire aucun rêve. Mes vêtements m'attendent, pliés comme s'ils étaient neufs. J'enfile mon maillot et mon pantalon. Ils ont changé de cou-leur, à présent qu'ils sont propres.

— Tu as meilleure allure qu'hier ! fait remarquer Maud en me voyant. Tiens, tu n'oublieras pas de reprendre ton extrait de naissance.

Tout à coup, je me souviens : Modeste ! Le numéro ! Je retourne la doublure. Le papier est là, en boule. Sauvé ! Je le déplie. Horreur ! Le papier est blanc. Blanc d'un côté et blanc de l'autre. Le numéro s'est effacé. Il a disparu dans la machine à laver. Je n'ai plus aucun moyen de le contacter. Je viens de perdre Modeste une deuxième fois.

21

Maud m'emmène avec elle au conseil général. Je fais la connaissance de Mme Bamberger, une femme importante qui va s'occuper de moi.

Elle remplit des papiers et recopie sur une fiche les informations de mon extrait de naissance. Une chance que je l'aie laissé sur la table du salon après l'avoir montré à Maud. Puis un éducateur me conduit à l'hôtel où je vais m'installer. C'est le département qui paye la chambre. L'éducateur me donne quelques pièces : mon argent de poche, m'indique-t-il.

L'hôtel s'appelle le Kiwi et fait partie d'une chaîne. La chambre est claire, le lit est même plus vaste et plus confortable que chez Maud.

L'hôtel est un peu en dehors de la ville. Il faut prendre le bus pour aller dans le centre. Il en passe un par heure. J'attends.

Quand le bus arrive à son terminus, surprise : il y a la mer. Un port, un autre. La ville est grande.

En plein centre se trouve un stade pour l'équipe de foot, qui joue en national. Je m'assois sur un banc. Je contemple les bateaux tranquilles sur les flots calmes, et au-dessus le ciel bleu tacheté du plumage blanc des mouettes. Je me sens bien. Je crois que je suis sauvé.

Encore faut-il que je parvienne à retourner à l'hôtel. Dans ce sens-là, les bus sont nombreux et les indications compliquées. C'est du français mais ça pourrait tout aussi bien être du chinois. Un bus arrive dans un sens, un autre s'arrête en face. Des voyageurs descendent. Dans lequel monter ? Il faut que je demande à quelqu'un. Mais je me sens tout à coup intimidé. Et si je ne trouvais pas mes mots ? Et si on ne comprenait pas mon français ? Je suis devenu muet.

Quatre bus partent sans moi. Je ne tiens plus. Je n'ai pas le choix. J'enlève la honte et je décide de questionner la prochaine personne qui arrivera. C'est une jeune fille avec un sac à dos. Je me lance :

– Bonjour, pour le Kiwi ?

– Le Kiwi ? Tu parles de l'hôtel, dans la zone commerciale ?

– Oui.

La fille me désigne un bus.

– Et pour descendre, préviens le chauffeur en montant pour qu'il s'arrête au Kiwi.

– D'accord, merci. Et pour les tickets ?

Je ne voyagerai pas une nouvelle fois sans billet.

La jeune fille m'aide à acheter un ticket et je grimpe dans le bus. L'aventure continue.

22

– As-tu besoin d'autre chose ? me demande Mme Bamberger.

Je suis de retour au conseil général pour de nouvelles formalités. Ce matin, à la télévision, j'ai appris qu'il y a eu un soulèvement au Burkina. Je ne pense qu'à ça.

– Oui. Je voudrais parler à ma mère.

Je m'inquiète. Je voulais attendre encore pour la contacter, mais c'est moi qui ai peur pour elle à présent.

– Tu as son numéro ?

Celui du village de Mama n'est pas inscrit sur un papier qui peut s'effacer au lavage. Il est gravé au creux de mon cœur. Mme Bamberger le compose.

– Il n'y a personne. Je retenterai plus tard.

23

Chaque matin, je descends prendre le petit-déjeuner dans la salle commune de l'hôtel. Aujourd'hui, un garçon aussi noir que moi remplit son bol de céréales.

– Tu sais où est le lait ? Si ce n'est pas ramolli c'est moins facile à manger.

Je lui indique la bouteille, derrière les jus de fruits.

– Tu es là depuis longtemps ? Je ne t'avais jamais vu avant.

– Je viens d'arriver, me dit-il. C'est bien, ici ?

Le garçon me pose la question en m'adressant un sourire auquel il manque pas mal de dents.

– Mieux que le mont Gourougou, c'est certain.

Je farote un peu. Il s'étonne :

– Tu y étais ? Tu as grimpé les grilles ?

– Exactement. Tu veux t'asseoir ?

Le garçon dépose son bol et s'installe en face de moi.

— Moi aussi j'ai franchi les grilles. Du premier coup ! Mais j'y ai laissé quelques souvenirs…

— Tes dents ? Les dents qui manquent, tu les as laissées là-bas ?

— Ils m'ont frappé au visage. J'ai entendu un craquement et j'ai senti que quelque chose se décrochait à l'intérieur. Puis quelque chose d'autre encore. Comme si je me disloquais. Je me demandais si j'étais encore vivant. J'ai attendu d'être de l'autre côté pour porter la main à mon visage. Il y avait du sang. J'ai voulu bouger ma mâchoire pour la ranimer. J'ai senti un morceau dur et j'ai compris que ma cabosse perdait ses noix.

— Ta dent ?

— Oui. Une première, puis une autre, et encore une. Neuf en tout.

— Neuf !

Il avale une cuillerée de céréales au lait.

— Je n'osais pas imaginer à quoi ressemblait ma figure. Chaque mouvement de mâchoire me faisait mal, mais je pouvais parler. Et puis, le temps d'arriver au CETI, j'ai perdu cinq autres dents.

— Neuf plus cinq… Quatorze ?

– Je vois que tu sais compter. Presque la moitié de ce qu'il y a dans ta bouche. Tu as toutes tes dents, toi ? Enfin, il vaut mieux avoir perdu ses dents que ses mains, c'est ce que je me dis. Ou sa tête. Quatorze dents, c'était le prix à payer pour passer.

Je pense à Modeste.

– Au fait, je m'appelle Figaro.

24

Je trouve le temps long. Seuls les repas apportés par l'hôtelier rythment mes journées. Je dors beaucoup mais ça ne suffit pas. Mon corps finit par me dire qu'il a eu assez de sommeil. Même devant la télé, les journées sont interminables. Heureusement que Figaro est là. Le temps coule moins lentement quand on a un ami.

Il a passé quelques jours à Nevers, une ville française, avant d'arriver à Lorient. Il vient de Berberati, en Centrafrique. Et c'est justement de ce pays que parle la télévision maintenant. Nous nous taisons pour écouter.

Le reporter dit que 80 % des Centrafricains souffrent, les gens sont blessés, violentés, violés, tués, les maisons sont pillées, les armoires et tout ce qu'elles contiennent emportés.

— Mon pays est un des plus pauvres au monde. J'ai honte, déclare Figaro.

— Pourquoi tu es parti ?

– La guerre s'est installée il y a longtemps. Et moi je ne veux pas des armes. Je ne veux pas de la violence. Je ne supportais plus d'être réveillé par des coups de feu et de compter les cadavres. On ne peut pas vivre sérieusement au milieu de tant de morts.

Figaro s'est réfugié dans un hôpital, un dispensaire catholique, et il a été caché par une bonne sœur qui lui apportait des vivres. Il dit que les bâtiments des chrétiens sont les meilleurs abris pour se protéger des anti-balaka, les milices qui s'en prennent aux musulmans.

– Quand mon père est tombé malade, il n'a pas pu rester à l'hôpital ni recevoir de traitement, car ma famille n'avait pas assez d'argent.

– Il a guéri à la maison ?

Figaro secoue la tête.

– C'est à moi que l'hôpital a sauvé la vie.

Nous prenons nos repas ensemble. Des pizzas aux légumes, au fromage et parfois au poulet. Pas au porc, l'hôtelier sait qu'on n'en mange pas.

Figaro mâche comme il peut. Il a rendez-vous chez le dentiste pour faire une radio. Moi, c'est un test de français qu'on m'envoie passer.

25

Je vais de nouveau recevoir de l'instruction. Cette fois, c'est au centre éducatif que cela se passera. Je suis si fier ! Je me regarde dans la glace sans avoir envie de baisser les yeux. J'aimerais partager cette fierté avec ma mère. Je suis parti de Côte d'Ivoire il y a neuf mois. Autant que le temps passé dans son ventre. Est-elle encore de ce monde ? Je demande à Mme Bamberger si elle a réussi à la joindre.

– Le soulèvement populaire a provoqué des manifestations dans plusieurs villes, me dit-elle. Des bâtiments ont été détruits et l'état de siège a été déclaré. On parle de révolution. Les ONG[1] agissent sur place.

Au Burkina, le président Compaoré est au pouvoir depuis plus de vingt-cinq ans. Il a annoncé qu'il voulait se présenter pour un cinquième mandat. Les habitants en ont assez.

---

1. ONG : Organisation non gouvernementale, association œuvrant en faveur de la solidarité, de manière indépendante.

Mme Bamberger a parlé à quelqu'un du village. On lui a expliqué la situation et donné les coordonnées de l'ONG qui s'occupe des villageois.

— Les ONG fournissent des abris et de la nourriture, mais les personnes prises en charge se déplacent, il est impossible de les localiser individuellement et d'identifier quelqu'un en particulier. Je te promets que je vais tout mettre en œuvre pour tenter de retrouver la trace de ta mère. Ce ne sera pas facile, ça peut prendre du temps et il n'est même pas certain qu'on y parvienne.

La superstition m'empêche de partager mon inquiétude avec Figaro à mon retour à l'hôtel. Je préfère lui parler des cours :

— Je vais commencer le français. Tous les après-midis. Et toi, comment ça s'est passé ?

— Comme ça. Le dentiste a regardé mes dents et il a fait du bricolage. Il s'en fichait, je l'ai vu dans son regard. Il a paru soulagé quand tout a été terminé et que je me suis levé pour quitter son cabinet. J'ai failli lui demander de vérifier si je n'avais pas sali son siège. Mais tu ne vas pas te débarrasser de moi : je vais aussi aller au centre éducatif l'après-midi.

— Tu as passé le test ?

Figaro parle bien mieux français que moi. Il fait des phrases longues et élégantes, il a du vocabulaire.

– Non, on m'a dit que je le ferais plus tard. Et j'y tiens : un homme sans culture, c'est un zèbre sans rayures.

26

Les cours ont débuté. Figaro et moi prenons tous les jours le chemin du centre éducatif. Nous y retrouvons des jeunes et des moins jeunes. Des étrangers de toutes les nationalités ont besoin d'apprendre le français.

Les cours ne ressemblent pas à des écolages[1]. Le mercredi, on apprend les paroles d'une chanson française. La première s'appelle *Le lion est mort ce soir* et parle de la jungle. Je fais le rythme avec mes mains, je tape sur mes cuisses puis sur la table comme si c'était un tam-tam. Les autres participants me suivent, et bientôt la pièce entière vibre. « Viens ma belle, viens ma gazelle », font les paroles.

– Qu'est-ce que c'est, une gazelle comme ça ? demande Aslan, un Turc qui a quitté son pays pour vivre avec une Française venue en vacances chez lui.

Ce n'est visiblement pas de l'animal qu'il s'agit ici.

---

1. Leçons en classe (terme ivoirien).

– C'est un petit nom, un mot doux, explique Marianne, l'animatrice.

– Ça veut dire que si ce soir je dis « Viens ma gazelle » à ma femme, elle ne va pas me frapper ?

– Sûr que non ! Je t'invite à essayer, et tu nous diras, d'accord ?

Pour terminer la séance, Marianne sort la guitare qu'elle a apportée. Phrase par phrase, elle nous explique les paroles d'une nouvelle chanson et nous chantons en chœur. Celle-ci me plaît beaucoup. Elle dit « *Pour moi la vie va commencer* », parle d'un pays où il y a du soleil et du vent, et où est resté mon cœur d'enfant.

En sortant, j'utilise l'argent de poche donné par le conseil général pour acheter un téléphone cellulaire. Je me tiens prêt pour le jour où Mme Bamberger retrouvera la trace de ma mère.

Sur le chemin de l'hôtel, on discute. Figaro dit que les marchandises circulent plus facilement que les hommes. Nous avons comparé nos voyages. On aurait pu se croiser plusieurs fois. Nous sommes passés par les mêmes villes. Peut-être avons-nous donné de l'argent au même passeur. En Algérie,

Figaro a parcouru deux cents kilomètres accroché à un train.

– La seule chose à faire, c'est de ne pas lâcher. Sinon, tu t'envoles et tu finis comme un moucheron écrasé contre un pare-brise. Pendant des heures après avoir sauté du train j'ai gardé la sensation de tenir quelque chose. Je secouais mes doigts pour faire revenir le sang. Pour venir ici je suis monté à bord d'un vrai train, franchement je préfère, au moins il y a des accoudoirs !

Figaro dit qu'il est doué d'intelligence et je le pense aussi. Il regarde la télévision pour s'instruire. Mais pas les jeux ou les divertissements, uniquement les informations et les débats politiques.

– Si on veut s'élever, il faut du sérieux, du langage correct, des expressions françaises nouvelles. La facilité ne fait pas avancer.

Figaro dit que pour s'intégrer il faut maîtriser la langue, comprendre les codes, assimiler les règles et apprivoiser les lois. Il cherche à enrichir son vocabulaire et veille à toujours être poli.

– Si tu veux gagner le respect, tu dois posséder deux choses : le langage et l'attitude. Tu dois être précis. La vérité est dans les mots. Et bien te tenir. L'attitude parle pour toi.

Lui se tient très droit et nettoie toujours ses chaussures avant de sortir. Il a de l'assurance. J'aimerais lui ressembler.

27

L'hôtelier vient nous trouver alors que Figaro et moi terminons notre petit déjeuner.

– Les gars, j'aurais besoin d'un coup de main pour la salle, le matin. Qu'en dites-vous ?

Je regarde Figaro. L'hôtel est grand, c'est vrai que ça doit être du travail, le petit déjeuner, surtout que l'hôtelier est tout seul.

– Vous savez, avec tout ce qu'on fait pour vous, ça me semble être la moindre des choses.

À moi aussi, ça me semble juste. Nous sommes d'accord. Le service s'organise : à partir du lendemain, je nettoie le sol de la salle, Figaro s'occupe des tables.

– On ne va pas faire ça tous les jours, me dit Figaro au bout de deux semaines de travail.

De toute façon, cela ne pourra pas durer : il y aura bientôt des cours le matin aussi au centre éducatif. Nous retournons voir l'hôtelier et lui expliquons :

– On ne peut plus faire le petit déjeuner, maintenant. On doit aller au centre à neuf heures.

– Et c'est obligatoire, ces cours ?

– Oui, ça l'est.

L'hôtelier réfléchit un instant.

– Vous n'aurez qu'à vous doucher avant de descendre, comme ça vous pourrez filer au dernier moment. Pour neuf heures, vous n'aurez pas besoin de partir avant moins dix.

– Je ne crois pas que ce soit possible, rétorque Figaro. L'école, c'est le plus important. Et on ne doit pas travailler comme ça sans argent.

Figaro apprivoise les lois alors il connaît ses droits.

– Et les chambres ? Les repas ? Ça ne vous suffit pas, c'est ça ? Vous êtes des ingrats. Tu vas voir, tiens. C'est bien simple : si vous ne m'aidez plus le matin, moi je vous fous dehors. Vous les avez vus, les SDF qui dorment devant la gare ? Vous savez ce qui vous attend.

On s'organise comme l'hôtelier a dit, on descend prêts à partir pour le centre éducatif, on fait la salle, et ensuite on va étudier. L'hôtelier est satisfait. Moi aussi, malgré tout : j'aime avoir une utilité.

28

- Demain je n'y vais pas, m'annonce Figaro un mardi soir en terminant sa pizza. J'en ai marre.

— Tu vas juste descendre comme un client normal ?

— Non, je prendrai un petit pain au centre éducatif et tant pis.

J'ai peur d'être mal vu si je fais la même chose, mais impossible de me désolidariser de Figaro. Et je ne vais pas nettoyer la salle tout seul.

Le lendemain, je suis Figaro avec un désagréable sentiment de culpabilité. La journée se passe pourtant sans rien à signaler.

Le soir, la pizza que l'hôtelier a commandée pour nous est couverte de rondelles rouge sombre.

— C'est du chorizo, constate Figaro. Du porc.

On n'y touche pas. Moi, je n'en peux plus de ces pizzas. Ça fait plus de trois semaines qu'on ne mange que ça, à en avoir mal au ventre. On est nourris, c'est vrai, mais on n'a pas le choix de notre nourriture, et l'hôtelier se fiche de ce qu'il nous donne.

Exceptionnellement, on décide d'utiliser notre argent de poche. Les quelques euros qu'on reçoit chaque semaine doivent servir pour les produits de toilette, une sortie, ou pour téléphoner. Pas pour manger. On achète des sandwichs turcs, plus loin dans la zone commerciale.

Le jeudi à l'aube, on est à notre poste.

– Bien, fait l'hôtelier en nous voyant entrer. Vous voyez qu'on peut réussir à s'entendre.

Au centre éducatif, il y a des ordinateurs avec Internet. Sur Facebook, je retrouve mon cousin Sofiany. Il fait des recherches et finit par me donner un numéro pour joindre ma mère.

Aussitôt, des ailes me poussent dans le dos. Ma mère est vivante ! Je me précipite sur mon téléphone. Mon cœur n'a jamais battu aussi vite. Un homme décroche :

– Rappelle ici dans dix minutes, je vais la chercher.

Dix minutes sans rien faire, même pas respirer. Le temps n'a jamais passé aussi lentement. Je compte les secondes. Puis je rappuie sur la touche.

– Allô ?

Cette voix, je la reconnaîtrais entre mille. Les mois de silence et les milliers de kilomètres n'existent plus. La tristesse non plus. Effacés. Oubliés. J'ai la gorge serrée.

– Tu es en vie !

– Oui. Et toi ? Où es-tu ?

– En France.

– C'est vrai ?

– Oui.

– Bravo, mon fils. Je suis fière de toi, très fière de toi.

Cette admiration-là est du miel. Je lui raconte mon périple, elle me raconte les événements des derniers mois, puis ma mère m'explique qu'elle s'occupe désormais de la première femme de mon père : ma « petite maman », devenue aveugle, l'a rejointe chez Mama au Burkina.

Mon frère veut me parler. Il est temps de finir notre conversation.

– Surtout, reste honnête, me fait promettre ma mère.

Je promets. Et je promets aussi de rappeler bientôt.

– Je vais partir, m'annonce Alpha. Je vais faire comme toi et venir en France.

– Pas question ! Je te l'interdis, tu m'entends ? C'est bien trop dangereux.

– Mais tu l'as fait, toi.

– La chance ne tombe pas deux fois sur la même famille. Tu dois rester avec maman pour l'instant, elle a besoin de toi. Tu sais dans quel état sont les gens qui attendent au mont Gourougou ?

Je prends une décision : chaque semaine, je dépenserai 4,80 euros de téléphone pour raconter à Alpha une des horreurs que j'ai vues en chemin. J'ai de quoi tenir des mois. Pour qu'il ne parte jamais. Je ne conseillerais pas à mon pire ennemi de prendre la route. Alors à mon petit frère…

Quand je retrouve Figaro, je lui fais part de ma joie d'avoir parlé à mes proches si loin.

– Moi je n'appelle pas au pays. Je ne l'ai pas fait depuis le Niger. Je connais trop le piège de ces coups de téléphone. Tout le monde a envie d'enjoliver la situation. D'un côté comme de l'autre. J'appellerai la famille quand j'aurai à dire. Quand j'aurai commencé à construire.

Pour l'instant, la vie de Figaro est dans le même état que ses dents : en chantier.

29

Nous passons devant un vrai chantier. Je décris à Figaro la maison abandonnée où j'ai dormi avec Modeste en Algérie, et les restes de fêtes dans les poubelles.

– Moi, au Maroc, j'ai fait la mendicité près d'une mosquée, me raconte-t-il. Je ne demandais pas d'argent, juste de quoi manger. On me donnait des pommes, du pain, et parfois quand même un dirham ou deux. Quelqu'un m'a conseillé de ne pas rester. Tu sais ce qu'il m'a dit ? « Par ici, on tue les étrangers. »

Figaro a passé quelques nuits chez une Marocaine et son petit garçon qui ont eu pitié de lui. Il dormait sur la banquette mais devait quitter la maison dans la journée.

– Parce que dans la journée la femme travaillait. Sur ma banquette ! Je dois te faire un dessin ?

Je ne sais pas si j'aurais eu un bon sommeil en dormant sur un lit où, dans la journée, ma logeuse faisait des galipettes.

De Melilla, on l'a envoyé à Madrid ; Figaro avait pourtant demandé à rejoindre la France. Il a eu froid. Et faim. Et soif. Le jour, il gardait des places de parking pour les touristes ; la nuit, il essayait de ne pas finir au poste.

— L'Espagne n'est pas une terre d'accueil, c'est une terre d'écueil, dit-il.

Comme souvent, je pense à Modeste.

Mercredi dernier, tout le monde a voulu connaître la réaction de la femme d'Aslan.

— Alors, tu t'es fait frapper quand tu l'as appelée « gazelle » ?

— Non ! Elle a rougi et elle m'a embrassé la bouche. Maintenant, je l'appelle comme ça. Dans mon pays, il y a des ânes et des chèvres, il fallait venir jusqu'en France pour découvrir les gazelles des villes !

À la fin du cours de chant d'aujourd'hui, Marianne vient me voir.

— Est-ce que vous voudriez qu'on aille boire quelque chose de chaud dans un café tous les trois, avec Figaro ? propose-t-elle

C'est vrai qu'il fait froid. Dans ma chambre, je règle le chauffage au maximum. Le conseil général m'a donné des habits chauds : un anorak, deux pulls et une écharpe. Mais ça ne suffit pas à empêcher le froid de s'infiltrer partout et de me glacer les os.

Nous acceptons mais, d'un regard, nous nous promettons de rester vigilants. Elle va peut-être nous demander de travailler elle aussi.

Nous marchons tous les trois dans les rues de la ville jusqu'au *Bigouden Café*, un endroit richement décoré. Marianne salue l'homme et la femme derrière le comptoir d'une bise. Nous nous installons autour d'une petite table ronde.

Nous discutons du chant du jour. Marianne nous a fait apprendre *Ma liberté*, de Georges Moustaki.

– Vous en avez pensé quoi ?

– C'est bien, dit Figaro.

– C'est nous, ajouté-je.

La chanson raconte l'histoire d'un homme qui, grâce à sa liberté, parvient à « larguer les amarres pour aller n'importe où, pour aller jusqu'au bout » : « J'ai changé de pays, j'ai perdu mes amis… »

La patronne du café vient prendre notre commande.

– Que voulez-vous boire ? demande Marianne.

– Un cappucino ! s'exclame Figaro avec assurance.

Il m'explique ce que c'est : du café avec de la crème fouettée et du chocolat en poudre sur le dessus. Marianne se tourne vers moi.

– Et toi ? Tu voudrais… par exemple, un chocolat ?

– Un chocolat, d'accord.

Elle commande un thé pour elle. Elle appelle la patronne par son prénom : Nathalie. Quand les tasses arrivent sur la table, j'ouvre des yeux grands comme les sous-tasses : le thé n'a rien d'exceptionnel, mais alors le reste ! C'est beau avant qu'on sache si c'est bon. La crème qui coiffe le cappuccino de Figaro s'élève en tourbillonnant tandis que sur le dessus de mon chocolat, la mousse de lait a pris la forme d'un cœur. Je trempe mes lèvres et ça me fait sourire de l'intérieur.

– C'est délicieux.

– Ah, tu aimes ça, le chocolat ? Ça te rappelle chez toi, n'est-ce pas ?

– Euh… non.

– Comment ça, non ? s'étonne Marianne. Mais la Côte d'Ivoire est le premier pays producteur de cacao !

– Producteur, oui… mais tout est vendu pour les gros, je dis sans réfléchir.

– « Les gros » ? Hum, je vois. Et il ne vous reste rien ?

– Si, un peu. Des fèves brutes. On les fait parfois bouillir dans du lait de chèvre, mais ce n'est pas vraiment bon. Ça, c'est largement meilleur.

J'en avale à nouveau une grande gorgée.

– Vous êtes les plus jeunes du groupe, nous fait remarquer notre animatrice. Je me soucie de savoir si tout se passe bien pour vous. Parce que quand je ne joue pas de la guitare, je suis une maman, et même une Mamouette.

– Qu'est-ce que c'est, une Mamouette ?

– C'est comme ça que m'appellent mes petits-enfants. Ils aiment que je chante mais ils disent que quand je m'énerve je crie comme une mouette. Mon petit-fils Victor a seize ans. Je ne le vois pas beaucoup, il habite à l'autre bout de la France.

Figaro me regarde avant de rassurer Marianne :

– Tout se passe bien, affirme-t-il.

30

Peu à peu, la confiance s'installe. Après quelques chocolats, Figaro parle à Marianne des petits déjeuners à l'hôtel.

— Ça ne nous dérange pas trop, mais il pourrait au moins un peu nous payer ! j'ajoute.

Marianne bondit de sa chaise.

— Non seulement en France on ne peut pas faire travailler quelqu'un si on ne le paye pas, et encore moins un mineur, mais en plus lui n'a pas le droit de vous faire travailler ! Il reçoit de l'argent du conseil général pour vous héberger et vous nourrir, et il a le culot de vous exploiter ! Ça ne va pas se passer comme ça.

— Parfois, on a peur qu'il nous prenne nos papiers d'identité pour nous forcer, renchérit Figaro. S'il nous les prend, on n'aura plus rien.

Marianne ouvre de grands yeux.

— Ça vous rassurerait de savoir que j'en ai une copie ?

– Oui.

– Alors on va s'en occuper. Et je vais faire en sorte que les choses changent.

Figaro et moi lui confions nos extraits de naissance, Marianne en fait des copies qu'elle glisse dans une pochette aussi rouge que sa colère.

– J'aurais peut-être dû garder le couteau, déclare Figaro quand nous arrivons à l'hôtel.

– Quel couteau ?

Je pense à Modeste et aux entailles dans sa main avant qu'elle ne soit réduite en bouillie. Je pense à Modeste et au voyage qui durcit le cœur autant que la peau des mains.

– Au Maroc, je me suis battu contre un clochard qui voulait prendre mon argent, explique Figaro. Il m'a menacé avec un couteau. Je l'ai récupéré.

– Et qu'est-ce que tu en as fait ?

– Finalement, je m'en suis débarrassé. J'avais peur que la lame n'attire la violence sur moi. Je n'ai pas besoin d'un porte-malheur.

31

Je reconnais la voix de Marianne dans le couloir du centre. La porte du bureau est ouverte. Elle est au téléphone, le haut-parleur est enclenché. Je m'arrête et j'écoute sans me faire remarquer. J'identifie les intonations de Mme Bamberger.

— Savez-vous, madame, les difficultés que nous avons à trouver des hôtels pour héberger les migrants ? Le Kiwi nous octroie cinq chambres, c'est déjà précieux. Si tous les hôteliers disent non, on va les mettre où, ceux qui arrivent ?

— Ce n'est pas une raison pour laisser un hôtelier exploiter deux gamins ! S'il a besoin de bras pour le petit déjeuner, il n'a qu'à employer du personnel. Si je ne m'abuse, il est déjà très convenablement payé pour ces chambres-là, qui sont occupées à l'année. C'est un revenu garanti.

— Il est payé. Normalement, pas *très convenablement*.

— Bref. Vous ne croyez pas que ces gamins ont déjà assez souffert comme ça ?

– Je vais voir ce que je peux faire. Mais souvenez-vous que vous n'avez aucun droit sur ces enfants. Ils sont sous notre tutelle.

Je repars sans faire de bruit.

32

Mon objectif est simple : m'intégrer. Je veux faire partie de la société française. Devenir français. Obtenir la nationalité française, ce serait une récompense. Je n'aurais pas fait tout ça pour rien.

Marianne a finalement réussi à faire cesser notre travail forcé. Figaro et moi changeons d'hôtel.

— Vous avez bien foutu la merde, nous dit l'hôtelier quand nous partons avec nos affaires. À cause de vous, j'ai dû embaucher deux personnes à temps partiel pour le matin.

Sur son tee-shirt, il est écrit : « Sauvez les Bretons, mangez du cochon. »

33

– Si tu n'as pas engagé un processus de scolari-sation à tes dix-huit ans, tu ne seras plus protégé et tu devras partir, m'apprend l'éducateur qui me suit. Quel métier voudrais-tu faire ?

Pas question de retourner en Côte d'Ivoire. Du moins, pas avant d'avoir appris un métier. Sinon, à quoi bon ? La situation là-bas n'a pas changé. Revenir serait me condamner. Et je n'ai pas l'inten-tion de me sacrifier.

Si je prépare un diplôme, à dix-huit ans je pourrai demander le statut de jeune majeur protégé, puis demander l'asile, puis des papiers.

Je pense aux claclos de Mama.

– Peut-être… la cuisine ?

34

– Mama est malade, me dit Alpha au téléphone. Maman doit s'occuper d'elle et de notre « petite maman », alors parfois je vais tout seul au marché. C'est fatigant et c'est pour quatre que je dois gagner l'argent.

– Mais l'ONG ne vous aide pas ?

– Si, elle nous aide… Mais on est cinq familles à se partager un sac de riz, de l'huile et des tomates pour tenir un mois. Ils ont monté des tentes dans le village, on ne peut plus accéder aux maisons.

– Et les médicaments ? Mama a besoin de médicaments ?

– Oui. L'ONG en donne et j'en achète aussi, les jours de bon marché.

– Ça va s'arranger, Alpha.

– Tout le monde prie pour ça. Moi, je trouve que le Grand-Tout n'est pas juste avec nous. Il n'a fait attention qu'à toi.

– Tu dois tenir, Alpha. Elles comptent sur toi, et moi aussi. C'est toi le chef de famille, maintenant.

35

Marianne parle de mon projet d'études à Nathalie et Franck, du *Bigouden Café*. Ils proposent de me prendre en stage une semaine.

Nathalie me montre ce qu'elle fait en cuisine et me fait participer. Franck m'apprend la pâtisserie. Je fais aussi le service en salle. Au début, je n'ai pas beaucoup d'assurance, c'est plus impressionnant ici qu'au Kiwi car il faut parler aux clients, mais Nathalie et Franck m'encouragent et je prends peu à peu confiance. J'enregistre tout, les paroles, les gestes, les images. Je pose des questions, je demande des conseils, je veux tout savoir, tout apprendre. Je découvre les spécialités locales : l'andouille de Guéméné et la saucisse fumée du golfe du Morbihan, les sardines de Quiberon et la tome de Rhuys, les cocos de Paimpol et le far aux pruneaux, le cidre et le beurre salé. C'est beaucoup plus intéressant que les mathématiques.

La semaine passe sans que je m'en aperçoive. Le dernier jour, je vois que j'ai progressé : mes pâtisseries ressemblent presque à celles de Franck. Je renonce à lui parler des claclos : les beignets ne me paraissent pas assez chics pour le *Bigouden Café*. Et où trouver des bananes plantains ?

– Tu es une éponge, me félicite Franck. Les autres stagiaires n'ont pas autant de mémoire que toi.

Il n'y a que le kouign-amann qui me résiste. C'est un gâteau qui transpire le beurre. Franck m'a dit que même les Bretons ne le réussissent pas toujours.

Pour terminer la semaine, Nathalie et Franck invitent Marianne et son mari Bernard à manger au *Bigouden Café*.

– Est-ce qu'on peut aussi inviter Figaro ?

– D'accord.

Je leur sers des galettes de Pontivy, des petites crêpes rondes dont la pâte contient de la pomme de terre. Je me sens bien. Et ces gens sont réunis pour moi, pour voir comment je travaille et goûter ce que j'ai préparé.

Ce stage m'apporte la réponse : la cuisine pourrait être mon métier. Un jour. Aucun arbre n'a donné des fruits sans avoir eu d'abord des fleurs.

Pour me féliciter, Nathalie et Marianne m'offrent un couteau à découper les légumes. Sur le manche, elles ont fait graver mon prénom. Je n'ai jamais possédé d'objet aussi beau. Ce n'est pas une lame comme celle avec laquelle Modeste s'entaillait la main avant qu'elle ne soit écrasée, pas non plus une lame comme celle dont s'est débarrassé Figaro. Si ce couteau porte quelque chose, c'est forcément bonheur.

36

Le conseil général me fait passer un examen sco-
laire. Cela s'appelle « le brevet des collèges », c'est
pour les jeunes de mon âge.

— Comment ça a été ? me demande Marianne
lorsque je la retrouve au centre éducatif.

— J'ai pas tout bien su.

— Qu'est-ce qui t'a posé problème ?

— Il y avait un truc avec trois côtés, et deux arbres
dedans, par exemple…

— Trois côtés et deux arbres dedans ? Je ne vois
pas. Tu peux me le dessiner ?

Je prends le crayon que me donne Marianne et je
trace des traits sur la feuille.

— Ah ! Un triangle, avec deux médianes !

En mathématiques, je ne comprends que les chiffres.

— Quatorze ! me dit justement Figaro en nous
rejoignant.

Il ouvre grand la bouche. De nouvelles dents sont
là. Il sort d'un rendez-vous avec un autre dentiste.

– Il était sympa, celui-là. Il m'a fabriqué un appareil provisoire. Je revis de la bouche !

L'avenir sourit enfin.

37

Je m'entends bien avec Nathalie et Franck. Nous sommes restés en contact après le stage que j'ai fait chez eux. Ils m'emmènent passer le week-end chez un couple d'amis qui sont famille d'accueil pour Pascal depuis quelques mois. Pascal est centrafricain, comme Figaro. Derrière la maison perdue au milieu des champs, il y a un cheval. Je grimpe sur son dos.

– Tu as déjà fait ça ? me demande Pascal.

– Non.

– Pourtant tu es très à l'aise !

– Au Burkina, je montais des ânes. Mais ils n'étaient pas aussi gros, ils étaient tout maigres. Je les montais sans selle.

– À cru, c'est comme ça qu'on dit, intervient Franck. Tu montais des ânes à cru.

Pascal y arrive bien aussi. Il a de l'entraînement.

– Demain, on ira se promener tous ensemble au bord de la mer, annoncent les adultes après le dîner.

Ils ont allumé un feu et fait griller des cubes roses et mous élastiques et très sucrés, qui durcissent lorsqu'on les met au-dessus des flammes. Ce soir, Pascal et moi dormons sous la tente.

– Je n'aime plus la mer, me confie Pascal quand nous refermons nos duvets.

– Pourquoi ?

– La dernière fois que je l'ai vue, elle a failli me noyer.

38

Alpha va toujours au marché avec ma mère et Mama, qui est guérie. Mais il se reprend à rêver d'autre chose.

– Tu m'as parlé des grilles et de la main de ton ami Modeste. Mais j'ai entendu dire ici qu'on pouvait venir en Europe par la mer…

Malgré la distance, et malgré mes pensées qui volent un instant vers Modeste, je sens dans le téléphone que l'envie de partir d'Alpha se réveille à la moindre occasion. Alors je lui raconte ce que Pascal a vécu à Melilla. Ce qu'il m'a raconté dans l'obscurité de la tente.

Je raconte qu'ils étaient onze à avancer dans l'eau salée. Les vagues compliquaient la tâche. Ils avaient donné de l'argent pour monter sur le Zodiac, mais il fallait d'abord le mettre à l'eau. Avant de pousser, ils ont prié. Onze dans l'eau heureusement pas trop froide, mais seulement dix à pousser le canot vers le large, la onzième était une femme et elle tenait son bébé, et le Zodiac déjà très lourd était chargé de deux barils d'eau. Chacun s'est hissé à bord à la force des bras en faisant attention à ne pas renverser le canot, la peau mouillée glissait sur le caoutchouc mouillé, et le vent du large glaçait la peau sous les vêtements trempés.

— Tu imagines, Alpha, tant d'efforts en restant discrets pour ne pas alerter les gardes marocains qui surveillent la côte ? Le Zodiac a commencé à avancer sur la mer aussi noire que la nuit, sautant à chaque vague. Pascal avait peur mais il y croyait. Il croyait voguer vers son avenir.

La mer ou le mur. Pascal est le premier de ceux que je rencontre à avoir choisi la mer. Je marque une pause pour me souvenir de ses mots.

— Les vagues sont devenues très fortes. Un bateau de la garde marocaine les avait repérés et approchait. Le canot n'était qu'à trois cents mètres de la rive. Soudain une vague a heurté le canot et l'a fait chavirer. Tout le monde à l'eau, buvant la tasse, criant et se débattant. Certains ne savaient pas nager. Le Zodiac s'est renversé sur Pascal. Chaque fois qu'il poussait sur ses jambes pour reprendre de l'air, sa tête touchait le caoutchouc. Et l'eau était de plus en plus froide.

— Pascal savait nager ? demande Alpha, inquiet.

— Oui. Il a appris en Centrafrique, dans le fleuve, un bidon en plastique vide attaché à la taille, un gros bidon de quatre litres auquel était fixée une ceinture, et qui faisait flotteur. Mais l'eau de la mer est salée, elle pique la peau quand on a des plaies.

Pascal aussi a croisé les bâtons des policiers.

— La garde marocaine les regardait se noyer. Pascal a poussé une dernière fois et il a réussi à sortir de sous le Zodiac. À trois mètres de lui, la femme au bébé était en pleine panique, elle ne savait pas nager, elle hurlait sans s'arrêter alors Pascal a fait des brasses dans sa direction, il l'a attrapée comme il a pu et il l'a tirée jusqu'au canot renversé pour qu'elle puisse s'y agripper. Plus le bateau marocain se rapprochait, plus il créait des vagues. Les policiers ont lancé une corde vers la femme, qui l'a saisie à deux mains et s'est laissé tirer jusqu'à la coque du bateau, et les policiers l'ont aidée à monter à bord.

— Et Pascal, alors ?

— Il était tellement fatigué qu'il a commencé à se laisser couler. Les passagers du Zodiac montaient les uns après les autres sur le bateau mais personne ne semblait le voir. La corde est arrivée juste à temps. Il ne sentait plus ses mains mais il a réussi à s'y agripper, il s'est laissé traîner jusqu'au bateau, puis hisser à bord par les policiers.

– Ouf, lâche Alpha.

– Si on veut.

La voix de Pascal résonne encore dans ma tête : « Je suis sauvé de la mort mais c'est tout. Je grelotte dans mes vêtements trempés en attendant de connaître mon sort. La femme hurle à la mort. Le bateau repart en direction de la côte et je comprends tout à coup pourquoi la femme pleure, se tord les mains, hurle et n'a même pas pensé à me remercier : elle n'a plus son bébé. »

Alpha ne dit plus rien. Je sais que comme moi, il n'oubliera jamais l'histoire de cette femme et de son bébé. C'est exactement pour ça que je la lui raconte. Et je ne lui ai pas encore tout dit.

Pascal a passé la nuit au poste de police. Il ne m'a pas donné de détails, il a juste indiqué que la seule chose pire que passer la nuit en cellule, c'est passer la nuit en cellule avec des vêtements mouillés. Le lendemain, il est retourné près du rocher d'où le

Zodiac était parti la veille. Il ne voulait pas rester sur cet échec.

– Quelque chose flottait sur l'eau. Les vagues ont rapporté l'objet, qui a échoué à ses pieds.

Je marque de nouveau une pause. Mais cette fois, c'est parce que les mots ont du mal à passer. Pascal, en me les disant, s'est mis à renifler dans l'obscurité de la tente.

– Qu'est-ce que c'était ? demande Alpha.

– C'était… le bébé. Le bébé de la femme, tout gonflé d'eau salée.

Pascal a réussi. Il est remonté sur le Zodiac, le canot a encore été repéré mais le bateau qui l'a arrêté, cette fois, avait une croix rouge sur un fond blanc. Pêché à nouveau, mais par le bon chalutier. Les gens de la Croix-Rouge lui ont couvert les épaules avec des couvertures, lui ont donné des vête-ments chauds et secs, de la nourriture et de l'eau. À l'arrivée, on lui a demandé où il voulait aller.

Alpha n'a pas besoin de connaître la fin de l'his-toire. Elle ne suffit pas à atténuer l'horreur de la traversée.

39

Parler avec Alpha de Pascal ravive d'autres images du week-end. Le dimanche, Nathalie nous a appelés quand nous sommes arrivés près de la falaise.

– Venez, on fait une photo devant la mer.

Elle savait, pour Pascal. Son amie lui avait dit ce qui reste derrière ses paupières, tout le temps, les os trempés et les quatre cents kilos du Zodiac, les dix autres Africains, le froid et les vêtements mouillés, la peur et le bébé sur la plage, surtout le bébé.

– De cette mer-là tu n'as rien à craindre, l'a rassuré Nathalie en voyant que Pascal n'osait pas s'avancer. Il faut juste que tu acceptes une chose : tu as le droit de regarder la mer en étant heureux.

C'est lui et moi qu'elle voulait photographier. Pascal a fini par venir. On a rapproché nos têtes, j'ai fait le V de la victoire avec les doigts.

– Oh le contre-jour ! Alassane, je te vois pas, tu es tout noir !

– Mais je *suis* tout noir !

– Oui mais là, encore plus ! Souris au moins, si on voit tes dents on sera sûr que tu n'es pas de dos !

J'ai regretté que Figaro ne soit pas avec nous.

40

Les résultats de mon examen sont tombés. J'ai eu zéro presque partout. Je n'obtiens pas le brevet. Heureusement, d'autres tests ont mesuré autrement mon intelligence et les résultats étaient bons ; je possède désormais le diplôme d'étude de la langue française niveau A1, indispensable pour s'inscrire en CAP. J'ai le droit de me former.

Figaro, lui, est convoqué.

Le nouveau dentiste a fait une radio de ses dents. Il l'a envoyée au conseil général en indiquant à Mme Bamberger sa conclusion, qui n'a rien à voir avec son problème de dents : d'après lui, Figaro a plus de dix-huit ans.

Marianne téléphone à Mme Bamberger dès qu'elle l'apprend. Nous nous taisons pour entendre ce qu'elle répond dans le combiné.

— On ne peut pas se fier à ce qu'ils racontent. Ils affirment tous qu'ils sont mineurs car ils savent qu'en dessous de dix-huit ans ils sont protégés, mais certains mentent. Pour Figaro, le dentiste est formel, il s'agit d'un adulte.

— Figaro a toujours affirmé qu'il était mineur, et c'est aussi ce qu'attestent ses papiers…

— Ils sont faux, nous le savons tous. Personne ou presque n'arrive d'Afrique avec des papiers authentiques.

— Ce n'est pas pour ça que sa date de naissance est fausse ! s'énerve Marianne.

— On ne va pas surprotéger ces jeunes sans raison. Ils sont déjà suffisamment gâtés comme ça.

— Gâtés ?

Marianne raccroche. Je ne l'ai jamais vue à ce point en colère.

— Au Maroc, la fille du Haut Commissariat des Nations unies pour les réfugiés avait aussi des doutes, déclare Figaro. Elle trouvait que je paraissais plus que quinze ans.

Figaro est passé par Rabat, la capitale du Maroc. Quelqu'un de l'ONG Caritas a contacté le HCR[1] pour qu'il puisse faire une demande d'asile.

— Elle a dit quelque chose ? demande Marianne.

_____

1. Haut Commissariat des Nations unies pour les réfugiés.

– Elle a retourné mon extrait de naissance dans tous les sens. Il n'y a pas de photo, juste une date de naissance, les noms des parents, une ville. Je n'avais que ça. Elle a quand même fini par remplir ma demande d'asile.

Nous restons dîner chez Marianne. Elle prépare une omelette aux champignons, délicieuse. À table, elle annonce la nouvelle à Bernard, son mari, qui est médecin.

– On ne peut pas certifier un âge avec une radio des dents, déclare celui-ci. En tout cas, on ne peut pas être à ce point précis et affirmer qu'un garçon a dix-huit ans plutôt que dix-sept ans ou dix-sept ans et demi. Si tu veux mon avis, ce dentiste fait du zèle. Ou alors il a des consignes. Mais… attends ! Figaro, combien de dents on doit te faire refaire exactement ?

– Quatorze.

– Marianne, tu imagines ce que ça représente ? C'est déjà pour ça, n'est-ce pas, qu'on t'a envoyé ici ?

Figaro hoche la tête.

– Je crois que le département d'avant ne voulait pas payer, oui…

Figaro prend sa tête entre ses mains et poursuit :

– À Nevers, j'avais eu plusieurs entretiens comme ici, et on m'a fait passer des examens, des radios des poignets et des hanches. J'ai défilé devant des gens différents qui voülaient tous vérifier mon âge. En fait ils voulaient vérifier qu'ils étaient bien obligés de me prendre en charge. Vous savez ce que je suis ? Un paquet encombrant qu'on se refile de département en département. Un boulet qu'on traîne mais dont on veut se débarrasser. Un indésirable.

Les tests ne sont pas de même nature pour tout le monde. Je comprends soudain ce que Mme Bamberger a dit tout à l'heure à Marianne avant que celle-ci raccroche :

– Il ne faut pas trop s'attacher.

41

Le conseil général m'inscrit au centre de formation des apprentis, en section cuisine. Avant de commencer les cours, je dois trouver une entreprise où faire mon apprentissage. Mme Bamberger me donne une liste d'établissements que je peux aller voir. Je regarde les adresses : les cafés et les restaurants sont presque tous situés en dehors de Lorient. Il faut prendre le train, le bus ou trouver un covoiturage pour y aller. Donc avoir de l'argent. Mais le conseil général m'a prévenu que je n'aurais rien pour ces frais en plus.

– Ils ne veulent pas que je trouve, dis-je à Marianne.

La seule bonne nouvelle, c'est que des places en foyer viennent de se libérer. Figaro et moi quittons l'hôtel. Nos chambres sont données à des Maliens qui viennent d'arriver, tout un groupe. Les passeurs ont vidé deux villages en proposant de mener les hommes sur la route pour l'Europe et en rackettant les familles en échange de leurs services.

Mme Bamberger m'aide à faire une demande de logement. C'est l'étape d'après le foyer. Elle m'avertit :

– Dans les logements que nous pourrons te proposer, il n'y a pas de télé ni de wifi.

– Ce n'est pas important pour moi. Ce que je veux, c'est m'intégrer. Un logement peut m'aider à m'intégrer.

– Certains ne veulent pas de ces logements-là, ils veulent plus de confort, insiste-t-elle.

– Je suis habitué à me passer de confort.

« Certains » prétendent parler au nom de tous. Pourtant je suis venu seul. Comme les autres. On peut avoir besoin des autres pour ne pas tomber d'un pick-up, ou trouver de quoi manger, mais nos projets sont personnels.

J'emménage dans un foyer de jeunes travailleurs. La plupart sont français. Chacun a sa chambre, qu'on peut décorer comme on veut, équipée d'une petite salle d'eau avec douche, lavabo et toilettes, et des salles communes pour cuisiner, discuter, regarder la télévision, jouer au billard ou au baby-foot.

Il y a même un espace pour laver ses vêtements, à condition de mettre une pièce de un euro dans la machine ; ça change de la bassine à linge.

Je vais peut-être « ivoiriser » un peu ma chambre, ou peut-être pas. Je n'oublie pas mes racines, profondément plantées en moi, et arrosées par téléphone à chaque fois que j'appelle au Burkina, mais c'est devant que je regarde. Vers l'avenir. J'ai compris une chose : on ne peut pas avancer si on reste nostalgique. Et le présent prend désormais plus de place que le passé.

42

L'association des commerçants a installé des carrés potagers en bois en bordure de quai, le long des terrasses, pour faire un jardin partagé. Tout le monde a prévu de venir aider.

Mais il pleut. Du coup, il n'y a presque personne. Figaro a été appelé au conseil général. Je suis venu seul, je ne suis pas en sucre, la pluie ne m'impressionne pas. Elle n'impressionne pas non plus le chauffeur du camion qui déverse la terre dans les carrés.

On a beaucoup à faire. Il faut pelleter la terre et porter les seaux, planter les végétaux et arranger le tout.

– Toi, tu aimes travailler, je vois ça, me dit un grand gars.

Il se présente : il s'appelle Gwendal, il fait partie de l'association des commerçants. Il discute avec Marianne, venue aider aussi avec son mari.

– Alassane ! m'appelle-t-elle soudain. Viens voir !

Je rapplique.

– Gwendal ouvre sa crêperie dans deux semaines.

Du doigt, elle me montre une vitrine encore vide non loin du *Bigouden Café*.

– Je lui ai dit que tu cherchais un apprentissage dans la restauration.

– Je veux bien te prendre à l'essai.

Gwendal nomme tous les légumes, plantes et herbes aromatiques que je ne connais pas. Courgette, ciboulette, thym, menthe chocolat… Les carrés prennent forme. Alors que nos travaux touchent à leur fin, il cesse de pleuvoir.

– En Bretagne, la pluie est là souvent mais elle ne dure jamais longtemps, déclare Gwendal.

– Chez moi, on dit que la pluie vient toujours au bon moment.

La crêperie s'appellera *La P'tite Billig*. Le foyer est à seulement cinq minutes à pied. C'est un miracle.

Je perds mon sourire en voyant arriver Figaro.

– Le procureur de la République me soupçonne d'être majeur, annonce-t-il.

Les barreaux de sa cage semblent impossibles à scier.

43

– Je suis mineur ! Je suis mineur !

Figaro ne cesse de répéter la même chose à Marianne.

– Si tu es majeur, dis-le-nous. On t'aidera de toute façon, simplement on s'y prendra autrement. Même si tu as menti jusqu'à maintenant, ça n'a pas d'importance. Pour nous, c'est toi qui comptes, pas ton âge. On t'aidera dans tous les cas.

– Je ne suis pas majeur ! Je suis né en 1998 ! Août 1998 ! Tu sais compter ? Moi je sais compter. Ça veut dire que je vais avoir dix-sept ans dans quatre mois. Avoir dix-sept ans, ce n'est pas être majeur, ou alors tout le monde devient fou.

– On t'aidera de toute façon, Figaro. On ne t'abandonnera pas.

Figaro se noie dans sa colère.

– Si tu as dix-huit ans, le conseil général te donnera l'aide à jeune majeur en difficulté, ajoute Marianne.

– Tu crois pouvoir m'appâter avec ça ? Je sais quelle galère c'est, la demande d'autorisation provisoire de séjour, la mendicité au Secours populaire pour dormir, aux Restos du cœur pour manger. Je ne veux pas de ça. Pas question de mendier ma vie. Ni de jouer un rôle pour vous faire plaisir.

Figaro a rencontré d'autres Centrafricains, et aussi des Camerounais. Les Camerounais ici sont nombreux et bien renseignés. Il a obtenu des informations grâce à cette rumeur dont parlait Idrissa au mont Gourougou. Son français est excellent mais il a surtout de bonnes oreilles.

Figaro a une semaine pour quitter le foyer. Dans sept jours, fin de la prise en charge par l'aide sociale à l'enfance. Fin du cellulaire. Fin de tout.

44

– Une complète-champignons, une Saint-Jacques, une boudin-pommes et deux caramel-citron pour la terrasse.

– C'est bon !

La crêpière beurrée n'a pas eu le temps de refroidir. Je verse la bonne quantité de pâte, la lisse avec le *rozell*. Au départ je faisais seulement les galettes, puis Gwendal m'en a donné une à garnir, une simple, tomate-fromage.

Il a rempli les papiers et ma formation a commencé juste avant l'arrivée des touristes.

Je retourne soigneusement la galette dorée avec le *spanell*, je dispose les lamelles de jambon et les tranches de champignons sur le fromage râpé. Je casse l'œuf. Pendant que le blanc durcit et que le jaune se raffermit, je m'occupe des Saint-Jacques, cinq noix avec leur corail et de la fondue de poireaux à la crème et au curry, je répartis les morceaux de pomme caramélisée et les rondelles de boudin noir, je mets sur assiette la Saint-Jacques, la plus fragile, puis la complète-champignons, l'œuf est parfaitement cuit, et enfin la boudin-pommes. Et j'envoie. Un petit coup sur la clochette pour dire que les galettes peuvent être servies. Au tour des crêpes sucrées.

J'aime tout. La cuisine impeccable, le moment de calme avant l'arrivée des premiers clients, la liste de produits à acheter sur le tableau magnétique collé à la porte du réfrigérateur, la préparation des garnitures, les légumes à découper, la volaille à émincer, le caramel au beurre salé, puis la chaleur de la crêpière, les odeurs mêlées de tous les ingrédients, l'agitation du service. La crêpière, ici on l'appelle *billig*, et il y en a cinq à l'arrière du restaurant.

Ce que j'aime surtout, c'est me sentir utile. Mon rôle, c'est de faire des galettes. Dans deux ans, si tout va bien, à la fin de mon apprentissage chez Gwendal, j'aurai mon diplôme et je pourrai devenir cuisinier.

Les premiers jours, c'était vraiment difficile. Je demandais tout le temps les ingrédients, pour la première partie de la carte ça allait, une « Champignons-fromage » c'était clair, mais pour les spéciales c'était plus compliqué. Comment deviner ce qu'il y a dans une « Nomade » ? Une « Normande » ? Une « Tigre » ?

Maintenant, je connais la carte par cœur. La « Nomade », c'est blancs de volaille au curry et poivrons grillés. La « Normande », blancs de volaille, champignons et crème. La « Tigre », caramel salé maison et chocolat. Vincent, qui fait le service, m'a dit qu'il lui avait fallu trois mois pour ne plus confondre la « Normande » et la « Nomade ».

Les crêpes, je savais ce que c'était. À Abidjan, on peut en manger. Mais je ne suis jamais allé à Abidjan. Le premier jour, Gwendal a fait une galette devant moi et me l'a servie. C'était à la fois fin et consistant, moelleux et croustillant. Presque aussi bon que les claclos.

Quand j'ai regardé Gwendal faire, j'ai pensé que je n'y arriverais jamais. Il a détaillé ses gestes, puis m'a dit : « À toi ! » J'avais tout bien enregistré, la quantité de pâte, la façon de l'étaler, j'ai essayé. Finalement, ça n'était pas si difficile. J'ai vite su faire.

– Les touristes viennent manger des galettes bretonnes, ils ne peuvent pas imaginer qu'on leur sert des crêpes ivoiriennes ! rit Gwendal.

Il est exigeant. Les galettes de *La P'tite Billig* ont du succès. Il y a eu plusieurs articles dans les journaux depuis l'ouverture. Sur l'un d'eux, qu'on a découpé et accroché au-dessus du comptoir, je suis même en photo !

45

Figaro a trouvé un covoiturage. Marianne lui a donné dix euros pour le payer. Il part à Nantes.

— C'est une ville plus grande, ce sera plus facile de s'y cacher, et aussi d'y rencontrer des gens. Il y a des réseaux camerounais. J'ai entendu dire que les jugements peuvent être plus facilement cassés à Nantes. Qu'il y a une bonne ONG pour ça, qui défend vraiment bien les mineurs.

— Par qui tu l'as entendu dire ?

— Le kongossa fonctionne aussi en France.

— Si le voyage durcit le cœur, il ne le rend pas imbrisable pour autant.

46

– Gwendal !

  – Quoi ?

  – Tu peux venir voir ?

  – Qu'est-ce qui se passe ?

  – J'ai laissé échapper un morceau de coquille.

J'y pense chaque fois que je casse un œuf, et ça a fini par arriver. Je suis trop main gauche… Est-ce qu'on peut être renvoyé pour un morceau de coquille dans une galette ?

Gwendal éclate de rire.

  – C'est pas drôle !

  – C'est ta tête ! On dirait qu'il y a eu une catastrophe !

Il attrape un couteau et, soigneusement, récupère le petit éclat de coquille avec la pointe. La galette est à nouveau impeccable.

  – Et voilà ! Ça peut arriver à tout le monde…

Ouf. J'ai toujours peur que tout s'arrête. Qu'une maladresse suffise à balayer mes progrès.

J'ai un peu d'argent désormais. Ce que je gagne à la crêperie s'ajoute aux cinquante euros que me donne le conseil général chaque mois. Je dois garder les factures de tout ce que j'achète et les donner à Loïc, mon éducateur, qui travaille avec Mme Bamberger. Si je pouvais, je mettrais l'argent de côté pour l'envoyer à ma mère. Mais comme je suis mineur, c'est le conseil général qui gère mes comptes.

Partir ou rester. Il faudra que je choisisse si j'ai mon CAP. Ma mère me manque. Au téléphone, elle me dit que je lui manque aussi, c'est difficile à entendre. Et puis il y a Alpha. Avec un diplôme français, je gagnerais peut-être bien ma vie en Côte d'Ivoire. À condition de trouver du travail.

Gwendal me dit que quand j'aurai fait mes deux ans d'apprentissage, je pourrai trouver une place dans n'importe quel restaurant. Il me dit que mon avenir professionnel est ici.

47

– C'était Vincent. Il est malade, il ne viendra pas.

Gwendal était en ligne avec le serveur, il vient de raccrocher et il paraît paniqué. Il est plus de onze heures. Les premiers clients seront là d'ici trente minutes.

– Je n'ai pas le temps de trouver une solution pour ce midi.

Gwendal prend sa tête entre ses mains. Il réfléchit intensément. Puis il me dit :

– Voilà ce qu'on va faire : je fais le service et la caisse, toi tu es en cuisine.

– Tout seul ?

– Oui. Pas le choix.

J'obéis. Gwendal est le patron.

À 14 h 30, il s'écroule sur une chaise et me fait signe.

– Viens t'asseoir une minute avant d'attaquer la vaisselle. On va faire le bilan. Je compterai la caisse après.

Le bilan, c'est trente-sept couverts et aucun problème. On est épuisés mais les clients ne se sont rendu compte de rien.

– Je t'en aurais pas voulu de te tromper sur une crêpe ou deux, mais même pas. Tu sais quoi ?

– Non.

– Tu peux être fier de toi : tu viens de gagner officiellement tes galons de cuisinier.

48

J'aime bien faire la vaisselle. Et ce que j'aime encore plus, c'est retrouver ensuite les copains qui font leur apprentissage à côté de *La P'tite Billig*. Sur le quai, les terrasses s'alignent. Au *Bigouden Café*, il y a Raphaël, le neveu de Nathalie. À *La Moulerie*, Izoenn, une fille à boucles rousses. Au restaurant chinois, Florian. C'est Gwendal qui m'a poussé à aller parler à Raphaël, lui connaissait Florian et Izoenn, il me les a présentés et nous avons sympathisé. Tous les quatre, on s'entend bien. On parle du travail, des cours à venir et du diplôme, mais pas seulement. Avant le service du soir, on mange ensemble dans nos restaurants à tour de rôle. Comme ça, Florian ne se nourrit pas que de nems, Izoenn pas que de moules, moi pas que de crêpes.

Et le samedi soir, on va danser au *Triskel*. C'est une boîte de nuit située derrière la sous-préfecture. Certaines chansons arrivent comme moi de Côte d'Ivoire : j'ai reconnu Alpha Blondy et le Magic

System. Je danse mieux que Raphaël et Florian. Et quand je commence, difficile de m'arrêter. Les gens me regardent et j'aime bien ça, sentir qu'on m'admire. Il y a toujours des filles qui veulent que je danse avec elles, en plus d'Izoenn. J'accepte parfois. Un proverbe malinké dit que « la vie est un ballet qu'on ne danse qu'une fois ». Autant danser quand on en a l'occasion.

49

Marianne et Bernard m'emmènent assister au Tour de France, une grande course de vélos. Cette année, les cyclistes passent à Vannes, un autre port un peu plus au sud sur la côte. Toute la ville s'est réunie sur la place pour voir le spectacle. J'ai mis mon maillot favori pour l'occasion.

C'est bien un spectacle, mais pas comme je l'imaginais. Les gens se pressent les uns contre les autres, ils se bousculent et parfois se bagarrent pour attraper ce qu'on lance depuis les camionnettes et les chars décorés de publicités : une dose de lessive, un sachet de bonbons de toutes les couleurs ou des petits saucissons. Voici à présent les coureurs cyclistes. On les applaudit, mais moins que les cadeaux publicitaires.

Grâce à Gwendal, Bernard et Marianne, je fais de gros progrès en vocabulaire. Je ne confonds plus *le* chèvre, le fromage qu'on met dans les galettes, et *la* chèvre, la viande qu'on mange en Afrique.

En retournant à la voiture, Marianne me propose un petit fruit orange dénommé abricot. Je croque.

– Attention, il y a un noyau ! me prévient Bernard.

Trop tard : ma mâchoire vient de s'y cogner. Heureusement que j'ai les dents solides.

Depuis qu'il est parti, je n'ai pas de nouvelles de Figaro.

50

- Alassane, il est 22 h 30 ! Fin de service pour toi !

– Mais la salle est encore pleine, je vais pas te laisser.

– Non, j'ai dit fin de service pour toi, tu as fait tes heures pour aujourd'hui.

– Je fais la vaisselle et j'y vais.

– Écoute Alassane, 22 h 30 c'est 22 h 30. Si un inspecteur passe et te trouve là en dehors de tes horaires, tu peux dire adieu à ton apprentissage, et moi à ma crêperie, sans doute. Alors tu rentres. Et la vaisselle, je m'en occupe.

– Si on était en Côte d'Ivoire, je le ferais. Je resterais jusqu'au bout et je t'aiderais.

– Je sais, mon gars. Mais on n'est pas en Côte d'Ivoire. Et on ne plaisante pas avec la loi, surtout quand il s'agit de faire travailler des mineurs.

51

Un grand festival est organisé dans toute la ville pendant dix jours. Il y a des spectacles annoncés partout, les rues sont envahies de musiciens, de chanteurs, de danseurs et de spectateurs qui viennent les applaudir.

Je ne peux pas aller voir les spectacles, il faut payer et de toute façon je travaille. La saison d'été a démarré pour de bon. À *La P'tite Billig*, on fait parfois quatre services par repas. Gwendal est content et les clients aussi.

Dimanche, j'ai quand même pu assister à la grande parade. C'était impressionnant. Les gens défilaient en costumes traditionnels celtes, brandissant des drapeaux de pays du monde entier, des étendards avec des roues à trois branches et des drapeaux noirs et blancs de la Bretagne. Ce drapeau-là me fait penser à celui des pirates.

Il y a des concours de cornemuse et d'autres instruments d'ici comme le biniou, des expositions et des courses de voile. J'ai goûté à la cotriade, le plat traditionnel des retours de pêche : une marmite de poissons variés fraîchement attrapés.

Izoenn m'emmène à un fest-noz, une soirée de danses en groupes. On se prend par la main, ou le bras, ou la taille. Rien à voir avec ce qu'on danse au *Triskel*. Cette fois, c'est Izoenn qui a une longueur d'avance sur moi. Je découvre les pas au fur et à mesure, je me sens un peu maladroit.

J'aime beaucoup Izoenn. Je suis heureux qu'elle m'ait proposé cette sortie. Elle ne l'a proposée qu'à moi. Peut-être qu'avec Izoenn ça pourrait être plus que de l'amitié. Elle est jolie. J'aime ses boucles. Après tout, Florian a bien une copine ; et dans la vie, chaque cul a son caleçon[1].

---

1. Proverbe ivoirien.

52

Gwendal dit que mon niveau technique est excellent mais que je dois travailler la langue. Les Bretons ne me facilitent pas la tâche, avec leurs mots rien qu'à eux : dans la cuisine de la crêperie, entre la *billig*, le *spanell* et le *rozell*, il y a de quoi s'y perdre.

Ce soir, Gwendal m'accompagne à la réunion de rentrée au CFA, le centre de formation des apprentis. Je suis fier. Tout le monde va me voir avec lui.

Il n'y a que six patrons dans la salle, pour quatre fois plus d'élèves, certains avec leurs parents, la plupart seuls.

— C'est important pour moi d'être là, de voir où tu te formes, mais aussi de rencontrer tes professeurs, de leur expliquer d'où tu viens, de leur dire que tu travailles très bien chez moi, me dit Gwendal.

— Merci.

— Tu sais, tu n'es pas juste un apprenti et moi un patron. On travaille ensemble. Ça compte. On forme une équipe.

53

Les cours commencent. C'est plus dur qu'au centre éducatif. Je peine toujours en français. Mon accent me gêne. Même les mathématiques sont difficiles. On étudie le nombre de minutes de préchauffage, les étapes de la cuisson, ça donne des problèmes à résoudre auxquels je ne trouve jamais la réponse. En physique-chimie, pour la leçon sur « solide, liquide et gazeux », Marianne m'a permis de comprendre grâce à une démonstration avec des glaçons du réfrigérateur et de l'eau bouillante. Mais elle n'est pas avec moi en classe. L'histoire, c'est du chinois : que des dates, des lieux et des noms de gens de France dont je n'ai jamais entendu parler. Et on a aussi de l'anglais. Je ne maîtrise pas encore le français qu'il faut déjà apprendre une autre langue.

Je me concentre pour travailler le mieux possible. On peut passer le diplôme en trois ans plutôt que deux, mais je ne veux pas en entendre parler. Je sais ce qu'on peut faire en une année entière.

Heureusement que Marianne est là. Et puis, chez elle je suis le seul élève, ce qui réduit ma timidité.

– Aujourd'hui, au programme : les camemberts ! m'annonce-t-elle lorsque j'entre dans son salon. Tu sais ce que c'est ?

– Euh… oui.

Je suis un peu étonné. Marianne a dû changer d'avis. J'ai parfois droit à une « leçon de choses ». Alors, pourquoi pas parler des fromages avant de faire les maths. Dans la cuisine française, j'adore presque tout.

– C'est du lait de vache, c'est ça ? je demande.

Marianne éclate de rire.

– Mais non ! Enfin si, mais… Tu m'as bien dit que tu devais réviser les proportions, n'est-ce pas ?

– Oui.

– Eh bien voilà ! Les camemberts, c'est le moyen le plus simple de se familiariser avec les proportions. Tu vas voir ça.

On passe à table, mais pas pour manger. C'est sur la feuille que Marianne dessine des fromages, enfin des cercles qu'elle coupe en parts. C'est beaucoup plus clair qu'en classe.

Je comprends tout. Et quand je comprends tout, je me sens très fort.

54

Je pars en week-end avec Gwendal, sa femme Mayo, leurs enfants et les parents de Gwendal. On prend le bateau jusqu'à une toute petite île aux maisons colorées, puis des vélos pour aller jusqu'à une plage où nous nous baignons. Il y a des vagues. L'une d'elles me rentre dans le nez. C'est salé et ça pique.

Je passe la nuit sous la tente avec les enfants et je fais un cauchemar avec des vagues immenses et sombres, pleines de poissons à dents pointues, qui m'avalent avant de déposer sur le sable un énorme marshmallow en forme de bébé. Au réveil, je pense à Pascal. Mais je ne dis rien de mon rêve à Gwendal.

Sur une autre plage, je ramasse des petits crabes pour faire rire les enfants, puis je les relâche en leur souhaitant bonne chance.

Des agoutis[1] courent un peu partout près de la maison, ils sortent de leur terrier et passent entre les

_____

1. Rongeurs de la taille de gros lapins.

hautes herbes. C'est notre déjeuner qui gambade !
Je préviens tout le monde :

– Il y a des agoutis ici ! Ça me donne faim. Je vais
en attraper un ou deux pour les faire cuire.

Gwendal m'arrête.

– Non, Alassane, ces lapins-là, on ne les mange
pas, on les laisse courir tranquilles. Et puis on a
prévu une salade de crevettes pour ce midi.

J'aime les crevettes. Une chance pour les agoutis.

55

Avant de démarrer mon CAP, j'ai reçu une mallette de couteaux de cuisine de la part du conseil général. C'est une mallette magnifique, qui contient tous les couteaux dont je pourrais avoir besoin : un économe, un couteau à désosser, un éminceur, un couteau à filet de sole, un couteau bec d'oiseau, un couteau universel et même un couteau de chef. Ce nom-là me fait rêver. Les lames des couteaux sont en acier. Cette mallette me rend très fier, comme si elle faisait déjà de moi un cuisinier. Les apprentis qui ne viennent pas du foyer ont dû acheter eux-mêmes leur matériel ou le demander à leurs parents.

On m'a aussi donné deux tenues de cuisinier. Deux pour en avoir toujours une propre. Au CFA, on doit travailler dans les mêmes conditions qu'en cuisine. On nous apprend à découper, à préparer, à cuire les aliments. Des choses différentes de ce que je sais déjà. Je mets ma tenue de cuisinier juste avant le cours, les vêtements de cuisine ne doivent jamais être portés dehors pour des raisons d'hygiène. Aux pieds, j'ai des chaussures spéciales en plastique avec des semelles antidérapantes.

J'ai demandé à faire du football. Loïc m'explique que c'est trop tard pour intégrer l'équipe officielle et qu'il faudra attendre la saison prochaine. Pour le moment, je suis inscrit dans l'équipe de réserve.

Une licence de la Fédération française de football, c'est un premier papier français.

56

Je suis chez Marianne quand Figaro téléphone.

— Figaro ! Alors comment vas-tu ? Où es-tu ? Alassane est là, je mets le haut-parleur.

— Je suis toujours à Nantes, avec les Camerounais. Salut, Alassane.

— Tu as un endroit où dormir ?

— Je dors chez Wilson, un Camerounais qui a une chambre en foyer. Lui on ne l'embête pas avec son âge. Il dort sur le lit et moi par terre, une couverture dessus, une couverture dessous, pas de problème.

— Bon. Et qui s'occupe de toi ?

— Je vais à l'ONG. Je leur ai montré le papier de la Bamberger, ils vont me défendre et demander un nouveau jugement. Ils veulent plaider la majorité infondée puisque à deux ans près on ne peut rien dire de précis avec ces radios. Mon extrait de naissance dit 1998.

— Je sais. C'est bien. C'est ce qu'il faut faire. Et en attendant, que fais-tu ?

– Je me cache. J'étudie. Je viendrais si je n'avais pas peur d'être arrêté. Je n'ai pas dépensé l'argent que tu m'as donné pour le covoiturage, le chauffeur ne m'a pas fait payer. Et parfois je gagne un peu de sous en vendant des bricoles aux touristes.

– Des bricoles ?

– Des oiseaux siffleurs en plastique, des lunettes de soleil, des bijoux de pacotille. La vente, c'est pas un métier compliqué. Il suffit de savoir courir vite.

– Ne prends pas de risque, Figaro. Reste tranquille jusqu'au jugement. Ça peut marcher. Ce serait trop bête que tu te fasses expulser maintenant.

Marianne coupe le haut-parleur et me tend le combiné. Il n'y a plus que Figaro et moi.

– On dit quoi ? je demande.

– Tu n'es jamais allé en prison toi, pas vrai ? Moi si. Et là, c'est pire que la prison. Je suis devenu une bête traquée. Un fugitif. En sursis, coincé entre deux vies. Je n'en vis aucune tant que ça ne se débloque pas. Je me retiens de respirer, je suis suspendu entre mon passé et mon avenir. Je ne sais pas si tu peux comprendre.

– Je me suis promené au bord d'une falaise avec Marianne et Bernard.

— Alors tu comprends. Césaire disait que la justice écoute aux portes de la beauté. Je crois à la justice mais j'ai menti à Marianne, je n'étudie pas, je n'arrive plus à lire la moindre ligne en attendant. Je suis otage du jugement et je ne sais pas quand il sera rendu, ni s'il me sera favorable. On croit que l'Europe offre protection, mais même entre ses murs on peut se sentir menacé. Fais attention à toi, Alassane.

Une fois, Figaro m'a dit que le temps qu'on ne passait pas à apprendre était du temps perdu.

57

Je sors du foyer si tôt qu'il fait encore nuit. Quand il fait nuit j'ai toujours le sentiment de redevenir clandestin et de devoir prendre garde de ne pas me faire repérer. Loïc est déjà là avec sa Citroën grise. Il n'est pas seul : Nadir, un autre animateur, est assis à l'avant, et à l'arrière sont installés Germain et Junior, deux gars du foyer. Je me glisse à côté d'eux.

Loïc m'a téléphoné hier. Je rentrais du CFA.

– Exceptionnellement demain tu louperas les cours, on va aller à l'ambassade.

– À l'ambassade ?

– Oui, à Paris.

Les éducateurs m'ont parlé de cartes de séjour renouvelables et j'ai demandé à en avoir une. Je pourrai ensuite espérer une carte d'étudiant, qui donne plus facilement accès à la nationalité française. Mais pour obtenir une carte de séjour, un passeport de son pays d'origine est nécessaire.

Il faut donc d'abord aller à l'ambassade de Côte d'Ivoire en faire faire un.

Loïc démarre.

– C'est parti ! Il y a cinq cents kilomètres, on y sera vers dix heures si tout va bien.

Germain et Junior discutent dans un dialecte bamiléké, les éducateurs discutent à l'avant. Je me sens exclu. Je pourrais dormir mais je suis trop impatient. Je m'ennuie. Nadir s'en rend compte.

– Dites, les gars, ça vous dirait de parler français ? Comme ça, on pourrait papoter tous ensemble.

Plus on approche de la capitale, plus les voies sont nombreuses. Il y en a maintenant quatre dans un sens, quatre dans l'autre, et quatre là-bas qui rejoignent les quatre premières.

Loïc se gare après avoir déposé Nadir, Junior et Germain devant l'ambassade du Cameroun.

Il faut faire la queue pour déposer un dossier. Il y a beaucoup de monde. Ça me fait drôle d'être entouré d'autant d'Ivoiriens. C'est comme un retour en arrière. Alors que je suis là pour avancer.

Deux heures plus tard, nous sommes sur le trottoir avec le récépissé du dépôt de dossier. Le délai est de quarante-cinq jours. Il faudra revenir. Et d'ici là, espérer.

On retrouve les autres pour déjeuner dans un restaurant chinois. Le serveur apporte nos plats en disant quelque chose qu'on ne comprend pas.

– Les Jaunes, pour se faire comprendre c'est pas ça, mais pour préparer à manger y a rien à dire ! dit Junior.

Il a pris des nouilles aux crevettes. Moi, du poulet aux noix de cajou.

– On ne dit pas « les Jaunes », ici, fait remarquer Nadir. C'est péjoratif.

– On dit quoi, alors ? demande Junior.

– « Les Asiatiques ».

– Pourtant, vous dites « les Noirs » et pas « les Africains »…

– « Les Africains », c'est à la fois les Noirs et les Arabes, précise Germain. Au moins, en disant « les Noirs », vous savez de qui vous parlez !

– Pourquoi « les Jaunes » est péjoratif si « les Noirs » ne l'est pas ? « Les Blancs », c'est péjoratif aussi ?

– Oui, répond Nadir.

– Non, répond Loïc en même temps.

Ça nous fait rire.

– En fait je ne sais pas, reprend Loïc. On ne dit pas tellement « les Blancs », chez les Blancs, à vrai dire…

– Mais toi tu trouves que c'est négatif, dit Junior à Nadir. Donc les Noirs sont les seuls qu'on peut désigner par leur couleur de peau sans que ce soit vexant. Mais un Noir d'Afrique n'est pas un Afro-Américain ni un Antillais…

Germain regarde Nadir.

– Tu te sens blanc, toi ? Africain ?

– Je me sens… français et arabe, je crois.

– Et toi, Loïc ?

– Breton et blond !

– Moi je veux être noir et français, je déclare.

– Et moi, noir et blanc ! affirme Junior.

– Un zèbre !

– De toute façon, on aura toujours l'Afrique là, fait remarquer Germain.

Il montre son bras. L'Afrique tatouée sur la peau. Je n'ai pas envie qu'on la sente en plus dans mon langage ou mon apparence. Je ne me sens pas moins africain que quand je suis arrivé en France, mais j'ai l'impression d'être déjà un peu plus français.

– Je ne comprends pas. À l'ambassade, il y a la même corruption qu'au pays. Les gens donnent des billets pour que leur dossier avance plus vite. À quoi ça sert de choisir de venir vivre dans un pays où la justice existe, où les lois sont respectées, si c'est pour y reproduire ce qu'on a fui ? demande Junior.

– L'eau chaude n'oublie pas qu'elle a été froide. La corruption est dans nos gènes… suggère Germain.

Je ne suis pas d'accord. Tout le monde peut changer. Tout le monde peut s'adapter. Nous en sommes la preuve. Et personne n'est jamais obligé de mal se comporter.

Nadir, Germain et Junior ont encore à faire à l'ambassade du Cameroun.

– En les attendant, il y a quelque chose que tu voudrais voir ? Profites-en, pour une fois qu'on est à Paris.

Je réfléchis. J'aimerais tout découvrir, mais que répondre à cet instant ? Soudain j'ai une idée.

– J'aimerais voir la tour Eiffel.

– Excellent choix ! s'exclame Loïc en m'entraînant vers le haut d'une belle avenue. Tu vas avoir une vue imprenable sans qu'on ait à reprendre la voiture.

Un arc se dresse au milieu d'un gigantesque rond-point en étoile. En dessous brûle une flamme, qui représente un soldat inconnu. Nous entrons dans le monument. C'est gratuit pour les mineurs, ainsi que pour Loïc qui a une carte spéciale. Nous gravissons un interminable escalier en colimaçon : presque trois cents marches, dit quelqu'un. Je suis trop essoufflé pour compter. Là-haut m'attend ma récompense :

– La plus belle vue de Paris ! s'exclame Loïc.

J'ai à nouveau le souffle coupé. La ville entière semble démarrer à l'endroit précis où je me trouve. Toutes les rues en partent. Et plein sud, d'après la table d'orientation, voilà la tour Eiffel qui se dresse fièrement au-dessus des toits brillants, prête à percer les nuages.

– Comment s'appelle le monument sur lequel on est perchés ?

– L'Arc de triomphe.

Je souris. Aujourd'hui, c'est moi qui triomphe.

58

Sur le chemin du retour, on passe le long d'un square plein d'enfants, de femmes et de poussettes. Les petits jouent en poussant des cris. Un minuscule garçon s'approche de la grille et me tend la main, paume vers le ciel.

– Boulu ! Boulu ! répète-t-il.

Une femme asiatique arrive à petits pas pressés derrière lui et l'attrape comme un paquet sans un regard pour moi.

Je l'entends gronder le garçon :

– Pas parler aux étrangers !

L'enfant est blond, il a la peau claire. Quelque chose cloche. J'interroge Loïc :

– Comment ces femmes noires ou asiatiques peuvent-elles avoir des bébés blancs ?

– Ce ne sont pas leur maman mais leur nounou ! rigole-t-il.

– Des nounous ?

– Oui, elles gardent les enfants. Elles peuvent aussi aider à la maison, faire les courses et le ménage, préparer les repas. Ce sont parfois des sans-papiers, d'ailleurs. En attendant d'être régularisées elles sont payées au… *black*.

– Les Français n'ont pas peur de laisser leurs enfants à des femmes qu'on peut expulser ?

– Visiblement non. Je crois que c'est assez difficile de trouver une nounou en règle à Paris.

Des réfugiés qui veulent travailler se cachent pendant que ces femmes qui travaillent et qu'on paye sans les déclarer viennent librement au square. Est-ce que les policiers préfèrent rechercher les jeunes comme Figaro plutôt que les nounous des Français ?

La femme a dit à l'enfant de ne pas parler « aux étrangers », pas « aux inconnus ». Elle doit se sentir française. C'est bien la preuve que ce n'est pas juste une question de papiers.

59

- Je dois faire réimprimer les cartes du restaurant avec le nouveau numéro de téléphone. J'ai pensé que tu pourrais proposer une galette.

Je regarde Gwendal avec étonnement.

– Proposer une galette ?

– Oui. Tu choisis un nom et une garniture, on teste pour voir si c'est bon, et on la met à la carte.

Quelle responsabilité !

– Je vais… je vais réfléchir.

Je préférerais une crêpe salée. Mais je ne trouve pas d'idée d'ingrédients. C'est trop difficile.

Soudain, je sais. Il me faut un ingrédient de chaque couleur. Carottes, confiture d'abricot, blanc de poulet, salade, riz, poisson, pistache, mangue… Il y a mille possibilités.

Marianne m'a fait goûter la mangue d'ici, elle n'est pas bonne. Le fruit est dur, filandreux, cassant.

– Vos mangues ne sont pas mûres, lui ai-je fait remarquer. Nous, on lève le bras et si elles viennent, on les cueille. Ça veut dire qu'elles sont pile comme il faut.

En arrivant au foyer, je m'arrête comme toujours saluer ceux qui sont dans la salle commune. À la télé, un reportage a du succès. Cela s'appelle « Le village des migrants ». Je prends place dans un fauteuil. Un village de Corrèze accueille soixante demandeurs d'asile de onze nationalités différentes. Il compte moins de mille habitants, la plupart retraités, le lieu manquait de vie et d'énergie, et puis le maire a décidé d'y ouvrir un centre d'accueil de soixante places et depuis du sang neuf coule dans les rues de ce coin entouré de montagnes. Le village est sauvé : le bureau de poste et l'école qui devaient fermer resteront ouverts grâce aux migrants. Certains habitants ont eu peur que les étrangers arrivent avec de mauvaises choses dans leurs bagages, que le village perde sa tranquillité. Mais finalement, tout le monde parvient à vivre ensemble et de nouveaux emplois ont même été créés. La voix du reportage explique qu'en Italie, plusieurs villages fonctionnent comme ça depuis des années.

Je prie pour que Figaro soit en train de regarder la télé.

60

– Alors, tu as pensé à ta galette ?

– Oui ! C'est carottes, fromage de chèvre, épinards.

– Hum, bonne idée d'ajouter une galette végétarienne à la carte, par contre j'ai peur que ton mélange soit un peu fade. On va tester.

Gwendal réunit les ingrédients.

– Vas-y, je te laisse préparer ça comme tu l'entends.

Je m'exécute sans faire de commentaire.

– C'est le drapeau ivoirien, c'est ça ?

– Oui !

Gwendal fait glisser la galette sur une assiette et la coupe en trois : un morceau pour lui, un pour moi et le dernier pour Mayo qui est là ce soir.

– Fade, dit-elle après deux bouchées.

J'aurais dû faire plus attention au goût. Je suis déçu de ne pas avoir réussi ma mission et déçu d'avoir déçu Mayo, et surtout Gwendal. Il n'y aura pas ma crêpe à la carte.

– Attendez, je crois que j'ai une idée.

Gwendal retourne aux *billigs*. Quelques minutes plus tard, il revient avec une nouvelle assiette.

– La galette d'Alassane, deuxième tentative !

Les trois couleurs sont là, je ne sais pas ce que Gwendal a changé. Je goûte. Les carottes ont plus de goût, le fromage croque, et les épinards apportent une parfaite acidité. Je trouve ça délicieux, mais je n'ose rien dire. J'attends de savoir ce qu'en pensent Gwendal et Mayo.

– Super bon ! dit Mayo. Ça, j'achète ! Tu as rajouté des noisettes ?

– Des éclats avec le fromage, oui, et j'ai fait revenir les carottes avec du cumin.

– Ça change tout. Tu aimes ? me demande Mayo.

Je fais oui de la tête. Gagné !

61

Un jour, Figaro m'a raconté une histoire. Une sorte de fable. Il y était question d'une nuit chaude et humide, au cœur du mois d'août. D'une femme qui accouchait avec l'aide de sa belle-mère, pendant que son mari était au travail. La grand-mère, déjà malade, ne survivait pas à l'émotion de voir naître son petit-fils.

– Quand le père arrive, il réalise qu'il a gagné un fils mais perdu une mère. Pendant des jours, il a son sourire pour son fils et ses larmes pour sa mère. Il se souvient d'un proverbe qui dit : « Si tu vas à une fête et que sur la route tu rencontres un chien qui s'en revient, rebrousse chemin toi aussi, cette fête n'en vaut pas la peine. » L'enfant n'a pas tenu compte du proverbe. Il a choisi le chemin de la vie alors qu'il avait rencontré sa grand-mère marchant en sens inverse. Et quinze ans plus tard, le même enfant a quitté son pays pour partir en Europe. Mais cette fois, il n'a croisé aucun chien.

– C'est de toi que tu parles ? De ta naissance ?

– Peut-être bien.

– En août 1998, c'est bien ça ?

– Exact. En pleine saison des pluies, et au milieu de la nuit. Août 1998 n'est pas une date de naissance moins bonne qu'une autre.

– Pourquoi tu dis ça ? Tu n'es pas sûr ?

– Comment être sûr ? La vérité est peut-être 1997. Ou 1999. Je sais que je n'étais pas né quand Bokassa est mort fin 1996, et que j'étais né pour l'élection présidentielle de 1999. Ma mère me l'a dit. Entre les deux, tout est possible. Je n'ai ni frère ni sœur. Je ne vais pas retourner voir mes parents pour leur demander de m'éclairer. Tu te souviens de ta naissance, toi ?

– Non.

– Quand mon père m'a demandé de travailler, j'ai protesté. Je n'avais pas fini mes écolages, je voulais continuer et devenir avocat. Il m'a répondu : « Tu as quatorze ans, maintenant. Tu dois m'aider à gagner de l'argent. » Chez nous, l'âge, on ne compte pas vraiment au départ. Mais je sais exactement quand mon père m'a dit que j'avais quatorze ans.

62

Gwendal va chercher l'ardoise qu'il met sur le trottoir aux heures d'ouverture de la crêperie. Il se tourne vers moi.

– Elle a un nom, ta crêpe ?

– Non, j'ai pas trouvé.

Avec son feutre blanc, Gwendal inscrit : « La galette du jour : ALASSANE (carottes cumin, chèvre noisettes, épinards). » Puis il ajoute le prix.

– Et voilà, c'est à la carte !

Gwendal offre toujours une bolée de cidre à la première tablée de clients du dîner. Ce soir, elle est occupée par deux jeunes femmes bien habillées. Gwendal prend la commande.

– Deux « Alassane » ! annonce-t-il quand il revient.

– C'est une blague ?

Gwendal me sourit mais il est très sérieux.

– Pas du tout.

– Elles ont adoré, déclare-t-il plus tard en rapportant les assiettes vides.

Trois heures après, c'est huit galettes Alassane qui ont été avalées. Sur trente et un couverts.

Comme toujours, je me lave les mains avant de quitter la crêperie. Pendant que l'eau coule, je lève les yeux et je croise mon regard dans la glace. Je n'ai pas envie de baisser les yeux.

Ce soir, je ne rentre pas directement au foyer, j'ai rendez-vous avec Izoenn. En marchant, je me mets à fredonner la chanson de Marianne : « Pour moi la vie va commencer… »

Et je sais pourquoi je la chante.

Note de l'autrice

Un samedi de mai 2015, dans une librairie bretonne, j'ai fait la connaissance de deux adolescents. Ils avaient lu mon roman *Max et les poissons* ; c'était le premier livre qu'ils lisaient en français. Ils avaient envie de me raconter leur histoire, alors je suis revenue passer du temps avec eux et recueillir leurs témoignages. L'un arrivait de Côte d'Ivoire, l'autre de République centrafricaine. Ils n'étaient pas encore des adultes, mais déjà plus des enfants.

Je n'aurais jamais pu inventer les étapes de leurs parcours, ni ce qu'ils ont vu en chemin, chacun de son côté, avant de se rencontrer dans l'Ouest de la France. La réalité dépasse toujours la fiction. En les écoutant, j'ai aussi compris que, le plus souvent, ce n'est pas par désespoir mais par espoir que les gens partent. Je crois qu'il est de notre devoir de nous montrer, puisque nous en avons les moyens, à la hauteur de cet espoir. Aujourd'hui, ces adolescents sont de jeunes adultes qui travaillent, louent un appartement, ont obtenu leur permis de conduire. Ils construisent leur vie. Ici.

C'est cela que j'ai voulu raconter. L'espoir qui fait parcourir des milliers de kilomètres, ainsi que les différences de traitements, au mépris des droits de l'homme. Car moi aussi, j'ai un espoir : que cela change.

**

Le 11 août 2014, un bébé de quatorze mois est mort noyé dans une piscine gonflable de vingt centimètres de hauteur, posée dans le jardin d'une maison du Nord de la France ; il avait échappé à la vigilance de ses parents. Ça a été écrit dans les journaux, on en a parlé à la radio ; on était choqués, consternés, désolés. La petite fille – c'était une petite fille – a été enterrée dans les larmes et les regrets.

Le 11 août 2014, un bébé de quatorze mois est mort noyé dans la mer Méditerranée que sa mère voulait traverser, il a été rapporté par le courant mais de ce bébé, personne n'a parlé. Personne d'autre que sa mère ne connaissait le sexe de ce bébé. Le petit corps a été jeté comme un déchet. Et sa mère qui hurlait, il n'y a eu aucun journaliste pour l'enregistrer.

Pour mieux comprendre…

L'aide sociale à l'enfance

Dans la Déclaration universelle des droits de l'homme, les Nations Unies ont proclamé que l'enfance aurait droit à une aide et à une assistance spéciales.

En France, l'aide sociale à l'enfance (ASE) est mise en œuvre par les départements. Les enfants ont pour tuteur légal le président du conseil général, et des éducateurs s'occupent d'eux. Le conseil général les prend en charge financièrement jusqu'à leur majorité et s'occupe de leur scolarisation.

Les mineurs étrangers isolés en France[1]

Selon l'Unicef, 9 enfants migrants sur 10 arrivant en Europe ne sont pas accompagnés. En France, on utilise le signe MIE (mineurs étrangers isolés) pour qualifier les enfants migrants. Il s'agit majoritairement de garçons ; on ne compte que 4 à 4,5 % de filles.

Tous ou presque sont arrivés seuls, beaucoup en provenance d'Afrique de l'Ouest et du Maghreb (les mineurs en provenance d'Afrique subsaharienne en représentent les deux tiers), et leur voyage a duré de quelques mois à plus d'un an. La plupart ont entre quatorze et dix-sept ans, même si on a déjà recensé des garçons de huit ans partis à plusieurs, et des filles parties dès douze ans.

Ces mineurs sont avant tout des enfants et des adolescents, qui comme tous les jeunes de leur âge peuvent avoir envie d'un téléphone portable ou d'être inscrit dans un club de foot.

Un migrant mineur coûte entre 4 500 et 5 000 euros par mois au conseil général, c'est

---

1. Rapport de la protection judiciaire de la jeunesse.

pourquoi l'administration contrôle la minorité de ces jeunes à leur arrivée, d'abord lors d'un entretien puis, si besoin, au moyen d'un test osseux : le test de Greulich et Pyle. Sa fiabilité est régulièrement remise en cause car la marge d'erreur est importante, mais ce test reste utilisé dans la plupart des pays européens. D'autres examens (du système pileux, de la dentition…) peuvent aussi être pratiqués.

Pourquoi partir ?

Ces enfants partent de chez eux pour fuir une guerre, échapper à de mauvaises conditions économiques ou politiques, ou à un mariage forcé ; la plupart d'entre eux n'informent pas leur famille avant de prendre la route. Aucun d'eux ne quitte un environnement heureux et confortable, où les perspectives d'avenir sont nombreuses. Pour chacun, partir est un choix personnel, une décision souvent difficile à prendre qui relève de la survie, qui demande du courage et de la détermination.

Les États qui comme la France ont signé en 1951 la convention de Genève s'engagent à protéger les réfugiés et à faciliter leurs démarches, en particulier si leur vie était menacée dans le pays qu'ils ont fui.

Avant l'Europe : Sahara et Méditerranée

Plus de 2 260 personnes sont mortes en tentant de traverser la Méditerranée en 2018[1], soit plus de six chaque jour.

Le Sahara peut aussi être meurtrier. En 2018, l'Organisation internationale pour les migrations (OIM) a comptabilisé 1 386 décès lors de la traversée du continent africain. Dans le désert, aucune opération de secours n'est organisée, et il est souvent impossible d'identifier les victimes lorsqu'elles sont retrouvées.

Le trajet entre l'Afrique subsaharienne et l'Afrique du Nord coûterait en moyenne 2 200 euros à chaque migrant, la traversée de la Méditerranée entre 700 et 2 000 euros.

---

1. Rapport du HCR de l'ONU aux réfugiés, 2019.

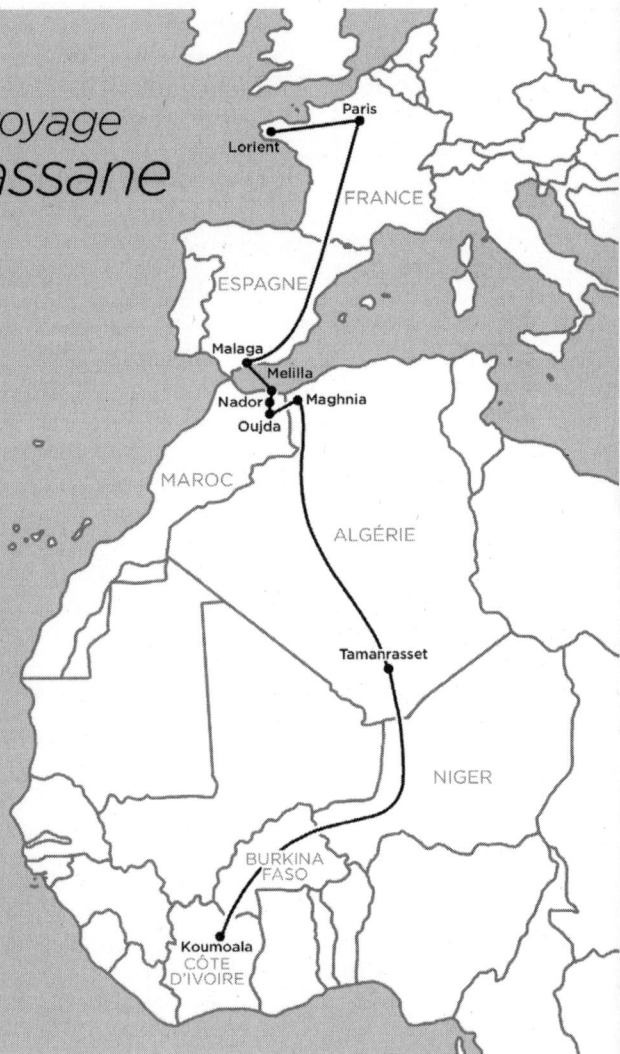

Le voyage d'Alassane

Lorient
Paris
FRANCE

ESPAGNE

Malaga
Melilla
Nador
Oujda
Maghnia

MAROC

ALGÉRIE

Tamanrasset

NIGER

BURKINA FASO

Koumoala
CÔTE D'IVOIRE

L'autrice

Sophie Adriansen est née l'année où a été lancée la Fête de la musique, et elle écrit depuis près de trente ans. Ses livres, une quarantaine à ce jour, sont publiés depuis 2010. Elle est l'autrice chez Nathan de *Max et les poissons*, *Lise et les hirondelles* et *Papa est en bas*.

(image: FSC MIXTE Papier issu de sources responsables FSC® C022030 logo and IMPRIM'VERT logo)

N° d'éditeur : 10247046 - Dépôt légal : août 2019
Achevé d'imprimer en France sur les presses de JOUVE, Mayenne - N° 2914486R